AGRADECIMIENTOS

A GOOGLE, por facilitarme la búsqueda de todo lo que le he pedido.
A WIKIPEDIA, por facilitarme la documentación que le he pedido.

Índice

Introducción

La **novela realista** es un género específico de novela practicado en España durante el movimiento artístico denominado como Realismo que tiene como objetivo representar de forma minuciosa y objetiva una realidad muy concreta: la violencia de género, el feminismo radical, la abolición de la prostitución, el colectivo LGTBI, los vientres de alquiler y los bancos de semen son consecuencia de la vida cotidiana y los problemas de la sociedad actual, además, con mucho ruido y confusión.

La evolución y, sobre todo, la lucha de las mujeres por conseguir la igualdad en todos los escenarios de la vida ha llegado a que, el objetivo, alcanzado, no sea suficiente y, sus reivindicaciones estén encaminadas en alcanzar el poder.

Una tesis doctoral, de un licenciado en sociología en su largo proceso de investigación penetra en ese desconcertante gran misterio dentro de un enigma. Durante la investigación, entra en un laberinto en el que no sabe encontrar la salida. En la defensa oral de su doctorado manifiesta que, muchas de las afirmaciones que se utilizan para cambiar las leyes son falsas.

143 páginas
Longitud de impresión (15,24 x 22, 86) cm
Tamaño: 4,55 MB
Precio: versión tapa blanda 7,50 euros
Precio: versión Kindle 3,00 euros
Texto: Microsoft Word Docx
Idioma: español (Spanish)
ISBN: 9798841395805
Copyright © 2021   autor: Matías Carvajal Castro
Todos los derechos reservados.
Independently publshed

Matías Carvajal

¡A dónde van las mujeres!

1 los problemas sociales

Juan García López, de 23 años, quería que hacer la tesis doctoral que le exigía la facultad para ser profesor. Había terminado sus estudios de sociología con el número uno de su promoción y con el expediente académico más brillante de la facultad, sus profesores le recomendaron que podía elegir cualquier tema de la máxima actualidad y conflictividad. Ha sido por eso, su elección por los problemas sociales que contemplan en la sociedad actual.

Se entiende como un problema social el fluir de las costumbres y creencias de una sociedad. El cambio se evidencia a través de las interacciones de cada persona con el resto social y cómo el conjunto afecta al individuo, marcando un comportamiento de comunicación global de sujetos relacionados entre sí. Las formas y convenciones de los problemas sociales están marcadas por la historia y sujetas, por tanto, a un cambio permanente.
La interacción social resultante de la dinámica, expresa grados sociales, estableciendo campos de acción que se expresan mediante la diferenciación del statu quo social. En la interacción social, habría primero que establecer la capa o campo social sobre el que se va a observar a los individuos y cómo estos influyen mutuamente y adaptan su comportamiento frente a los demás.

La **estratificación social** es la forma en que la sociedad se agrupa en estratos sociales reconocibles de acuerdo a diferentes criterios de categorización. Se tiene en cuenta la conformación de grupos de acuerdo a criterios establecidos y reconocidos, como pueden ser la ocupación e ingreso, riqueza y estatus, poder social, económico o político. La estratificación social da cuenta o es un medio para representar la desigualdad social de una sociedad en la distribución de los bienes materiales o simbólicos, económicos o culturales.

El concepto de estratificación social suele implicar que existe una jerarquía social en términos de desigualdad social estructurada. La estratificación debe reflejarse institucionalmente y tener una consistencia y coherencia a través del tiempo. Las formas de estratificación social, generalmente citadas, son las basadas en la esclavitud, las castas, los estamentos y las clases sociales.

Un estrato social está constituido por un conjunto de personas relacionadas que están ubicadas en un sitio o lugar similar dentro de la jerarquía o escala social, donde comparten similares creencias, valores, actitudes, estilos y actos de vida. Se caracterizan por disponer de cantidades relativas y tipos específicos de poder, de prestigio o de tipos de privilegios si los poseen. Si bien el punto central de la estratificación se refiere a los grupos sociales según sus diferentes formas de asignación de bienes y atributos, también se pueden considerar sus características sobre la base de
la etnicidad, género y edad, en cuanto éstos pueden determinar o influir sobre el acceso a cada estrato social o a ciertas funciones dentro del mismo, o bien que operen directamente como condición de pertenencia como sucede en una diversa cantidad de casos: el elemento étnico respecto a las castas; el linaje y la familia respecto a los estamentos, así como el sexo o el género respecto a la asignación de deberes y tareas dentro de éstos; las franjas etarias respecto a los roles en las corporaciones tradicionales; las diferentes nacionalidades asignadas a diferentes tipos de esclavitud en las conquistas o en la toma de prisioneros de guerra, etc.

El concepto de "estratificación" se puede entender en un doble sentido, bien como un proceso en virtud del cual una sociedad determinada queda dividida en diversos agregados, o una gradación de posiciones, cada una de las cuales entraña un grado diferente de prestigio, propiedad y poder, o bien como el resultado de ese proceso. Por tanto, de esta doble aceptación se puede sacar como conclusión que estratificación es el proceso y resultado de la división de la sociedad en estratos o capas.

Uno de los rasgos característicos de las sociedades contemporáneas es su complejo sistema de estratificación. Las sociedades modernas constituyen un entramado complejo de redes y grupos sociales a los que están adscritos obligatoriamente o se adscriben voluntariamente los individuos. La vida de un negro en Francia, de un latino en EE.UU. o de una marroquí en nuestro país, no puede ser explicada en clave individual. La ubicación social de esos individuos está condicionada por el grupo social o la minoría a la que pertenecen. Esas existencias no pueden ser explicadas sin tener en cuenta fenómenos sociales de fuerte contenido colectivo a los que dan nombre los conceptos de raza o inmigración. Pues bien, la idea de que las biografías individuales deben estudiarse a la luz de sus grupos de pertenencia es clave para entender el concepto de género, pues esa categoría tiene gran

capacidad explicativa a efectos de entender la desventaja social de las mujeres como colectivo
La tesis doctoral de Juan está enfocada a los problemas sociales muy concretos de los colectivos:

- **Feminismo**. Lucha por la igualdad, la violencia de género, la abolición de la prostitución, la gestación subrogada. Y, el cambio del patriarcado
- **LGTBI**. Lesbianas, gais, transgénero, bisexuales e intersexuales.

Conocía el conflicto por lo que unos y otras contaban. Al fijar la atención, en una primera aproximación, comprobó que el tema tenía mucha más importancia de lo que él esperaba. No podía defraudar a sus profesores, además, estaba su abuelo, que tanto confía en él. Elaboró un plan de trabajo para buscar información fiable sin posicionarse por lo que dicen unos y otras. Por eso, lo primero que debía de hacer es conocer las causas que produces esos efectos.

¿Por dónde empezar? Se preguntó Juan. ¡Las mujeres se quejan de todo! Eso decía su abuelo. ¿Cómo establecer un orden en las prioridades? ¿Cómo hacer una clasificación del misterio del feminismo?

Feminismos: normal y radical, lesbianas, mujeres que quieren ser hombres y hombres que quieren ser mujer, además, la prostitución. ¿Quién se prostituye y para quién? ¿Se prostituyen los hombres? ¿Y los vientres de alquiler? ¿Quién se prostituye para los transgénero?

¡Todo este gran misterio dentro de un enigma!!

Juan tenía que empezar desde el principio y, se acordó de su abuelo y sus teorías. De ahí, adaptó el diagrama de Ishikawa al problema.

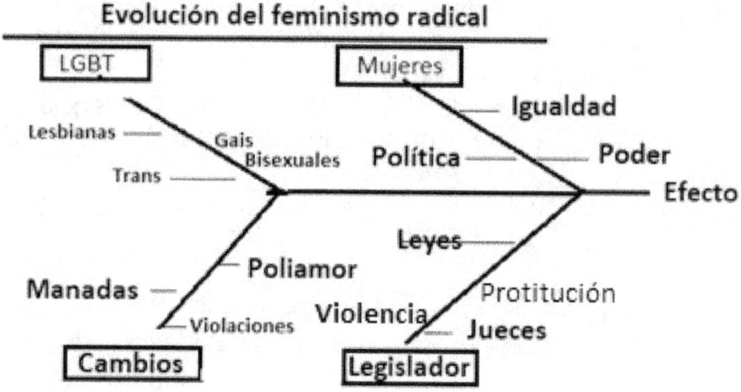

Diagrama Ishikawa causa / efecto autor Matías Carvajal

Para Juan, lo más importante era la muerte y violación de la mujer por el hombre, después la igualdad y así, sucesivamente.
Conseguida la documentación, pasaría a entrevistas a personas expertas y una a favor y otra en contra. en todo lo que esté relacionado con el tema. Empezará por conocer el conflicto que se ha producido en el feminismo y sus luchas. Cuando tenga el conocimiento de la causa comenzará a entrevistar y a crear debates entre los que están a favor y los que están en contra.

El clero medieval como primer estrato social estructurado alrededor de la Iglesia; sería progresivamente relegado con el surgimiento del absolutismo y el republicanismo

2 la violencia contra la mujer

Para la violencia ejercida contra cualquiera debido a su sexo o género el debate está en: violencia de género. Y violencia doméstica. Para las feministas radicales las mujeres asesinadas por sus parejas es violencia de género, para otra parte, es violencia doméstica.

Para Juan, la muerte no es menor por ser doméstica, el ejecutor es un asesino sea del sexo que sea. El maltrato, es otra causa del abuso de la fuerza para imponer la razón. Y esta no se tiene por ser más fuerte.

La violencia de género

La **violencia de género** es un tipo de violencia física, psicológica, sexual e institucional, ejercida contra cualquier persona o grupo de personas sobre la base de su orientación sexual, identidad de género, sexo o género que impacta de manera negativa en su identidad y bienestar social, físico, psicológico o económico. De acuerdo con la Organización de las Naciones Unidas, el término se utiliza «para distinguir la violencia común de aquella que se dirige a individuos o grupos sobre la base de su género», constituyéndose en una violación de los derechos humanos. Incluye la violencia y discriminación contra la mujer y las personas LGBTI

La violencia de género presenta distintas manifestaciones, como actos que causan sufrimiento o daño, amenazas, coerción u otra privación de libertades. Estos actos se manifiestan en todos los ámbitos de la vida social y política, entre los que se encuentran la propia familia, el Estado, la educación, los medios de comunicación, las religiones, el mundo del trabajo, la sexualidad, las organizaciones sociales, la convivencia en espacios públicos, la cultura, etc.

«Las mujeres y los niños/as, que a menudo son los más vulnerables a sufrir abusos contra sus derechos humanos, son los que más sufren de violencia sexual y de género»; mientras que históricamente los varones estarían subrepresentados en las estadísticas. Otros estudios afirman que la población LGBT+ también estaría subrepresentada en las estadísticas e incluso, algunos grupos mostrarían mayor prevalencia a nivel comparado; a este respecto, el Alto Comisionado de Naciones Unidas para los Derechos Humanos ha señalado que la violencia dirigida contra estos grupos constituye una «forma de violencia de género, impulsada por el deseo de castigar a quienes se considera que desafían las normas de género».

ONU Mujeres indica que la violencia de género «se refiere a aquella dirigida contra una persona en razón del género que él o ella tiene así como de las expectativas sobre el rol que él o ella deba cumplir en una sociedad o cultura» advirtiendo sobre el error habitual de considerar la expresión «violencia de género» como sinónima de la expresión «violencia contra la mujer» ya que la primera es más amplia e incluye diversas manifestaciones de la violencia donde el género es el eje central.

Dentro de la noción de violencia de género se incluyen actos como asaltos o violaciones sexuales, prostitución forzada, discriminación laboral, el aborto selectivo por sexo, violencia física y sexual contra personas que ejercen la prostitución, infanticidio en base al género, castración parcial o total, mutilación genital femenina, tráfico de personas, violaciones sexuales en guerras o situaciones de represión estatal, acoso y hostigamiento sexual —entre ellos el acoso callejero—, patrones de acoso u hostigamiento en organizaciones masculinas, ataques homofóbicos y transfóbicos hacia personas o grupos LGBTI, el encubrimiento y la impunidad de los delitos de género, la violencia simbólica difundida por los medios de comunicación de masas, entre otros.

De acuerdo con los datos del Instituto de la Mujer y para la Igualdad de Oportunidades de España (actualizados al 22 de octubre, 2019), las víctimas mortales por violencia de género (según características relacionadas con la tutela institucional) están clasificadas de acuerdo al número de casos en

Mujer maltratada con un bastón (Goya). La violencia contra la mujer no es un fenómeno nuevo.

total (49); de los cuales, hay algunos que ya cuentan con denuncias previas (22,4%), ya sean impuestas por la víctima

(81,8% de las denuncias) o por terceros (18,2%), arrojando como

resultados finales que el 77,6% de los casos presentados no cuentan con denuncias previas. Las relaciones de parentesco víctima-agresor fueron principalmente de pareja (71,4%), o ex pareja/en proceso de ruptura (28,6%).

Las comunidades autónomas que presentan mayor número de casos de víctimas mortales son (en orden): Andalucía (11), Cataluña, la Comunidad Valenciana, y las Islas Canarias (7 en cada una), y Madrid (6), mientras que las que menos casos presentaron (ninguno) fueron las Asturias, Castilla - La Mancha, Extremadura, Navarra, País Vasco, La Rioja, Ceuta y Melilla.

El grupo de edad tanto de agresores como de víctimas que más agresiones presentó fue el de 41 a 50 años (20/49 y 24/49, respectivamente). Incluso se llegaron a suscitar suicidios por una parte de los agresores, que en porcentajes queda expresado como: suicidio consumado (28,6%), tentativa no consumada (6,1%) y sin tentativa (65,8%).

Juan, al ver la imagen y las cifras no podía comprender que los hombres fuesen más animales que las fieras. Lamentablemente, esto sigue sucediendo en la actualidad. Hay que reconocer que los hombres-animales son muy pocos, la gran mayoría no son así.

Un miembro del **talibán** golpea a una mujer en **Kabul**, la capital **Afganistán**, por quitarse la **burka** en público.

Características específicas

La violencia de género presenta diversas características diferentes a otros tipos de violencia interpersonal, y normalmente se la asocia a la violencia contra la mujer, aunque no son sinónimos debido a la amplitud que abarcan las distintas formas de violencia y a que no todos los estudios se enfocan en las definiciones, identidades y relaciones de género; así, no toda la violencia contra la mujer puede identificarse como violencia de género, ya que el término hace referencia a aquel tipo de violencia que tiene sus raíces en las relaciones de género dominantes existentes en una sociedad, por lo que es habitual que exista cierta confusión al respecto y por ende, existe cierta falta de consenso.

Por otra parte, algunos autores la equiparan con la violencia de pareja, término más acotado que la violencia de género: este último «es un problema muy amplio y que no solo abarca las relaciones de pareja», y tal equivalencia de estos conceptos traería consecuencias negativas para las mujeres que requieren recursos institucionales de apoyo. En el caso de las relaciones entre personas del mismo sexo, la violencia de género —en el contexto de la violencia de pareja— podría ocultarse «bajo el manto de la heteronormatividad».

Además, también tiende a confundirse con la violencia doméstica, término más restringido que, aunque está íntimamente relacionado, incluye la violencia «en el terreno de la convivencia familiar o asimilada, por parte de uno de los miembros contra otros, contra alguno de los demás o contra todos ellos», y donde se incluyen además de las mujeres, a niños, ancianos e inclusive varones.[19] Para algunos juristas ambos términos son «confusamente utilizados en gran parte de los estudios jurídicos e incluso de las leyes o normas que se han encargado de su regulación». Algunas investigaciones utilizan «violencia de género en el espacio familiar» con el fin de diferenciarla.

[1]

---

[1] nota del autor:
¿Qué importancia tiene el cómo debe llamarse la violencia contra la mujer? La confusión que unos y otras manejan para titular no cambiará el número de las mujeres fallecidas. Lo relevante es evitar que esto suceda.

3 el feminismo radical

Es una rama dentro del movimiento feminista que sostiene que la raíz de la desigualdad social es el patriarcado, definido como el sistema de opresión del hombre sobre la mujer. Esta corriente exige un reordenamiento radical de la sociedad en el que se elimine la supremacía masculina en todos los contextos sociales y económicos, al tiempo que se reconoce que las experiencias de las mujeres también se ven afectadas por otras divisiones sociales como la raza, la clase y la orientación sexual. El feminismo radical aboga por el abolicionismo de la prostitución, de la pornografía, de la gestación subrogada y del género. El feminismo radical surgió en Estados Unidos a finales de la década de 1960, durante la segunda ola del feminismo. Las radicales identificaron como centros de la dominación patriarcal esferas de la vida que hasta entonces se consideraban «privadas». A ellas corresponde el mérito de haber revolucionado la teoría política al analizar las relaciones de poder que estructuran la familia y la sexualidad, que sintetizaron en un eslogan: lo personal es político. Consideraban que todos los varones, y no solo la parte élite, recibían beneficios económicos, sexuales y psicológicos del sistema patriarcal, pero en general acentuaban la dimensión psicológica de la opresión. Así lo refleja el manifiesto fundacional de las New York Radical Feminists, *Politics of the Ego* (1969): «Pensamos que el fin de la dominación masculina es obtener satisfacción psicológica para su ego y que sólo secundariamente esto se manifiesta en las relaciones económicas».

Las radicales tomaron distancia de los movimientos de derechos civiles y de izquierdas de los años sesenta, los cuales vinculaban el feminismo al socialismo y la democracia, para extender la lucha contra el patriarcado de lo económico y público a lo social y privado.

A Juan le impresionó lo que decía el movimiento feminista

8 de marzo de 2022

Derechos para todas, todos los días

Las feministas tenemos un plan: ***vamos a cambiar el sistema***. El feminismo tiene las herramientas y el espíritu combativo para acabar con todas las violencias generadas por la desigualdad. La lucha feminista que nos reúne hoy nos enseña a reconocer los gestos que sostienen el mundo, a reconocer la vulnerabilidad, la ternura y la interdependencia, a defender una igualdad radical que no acepta que haya unas vidas menos válidas que otras. Nos da una mirada política que identifica en el patriarcado, el capitalismo, el colonialismo y el extractivismo las causas de esta desigualdad y esta violencia. ***Nosotras vamos a cambiarlo todo.*** En la Comunidad de Madrid hay muchísimas asambleas y colectivos feministas. Somos grupos de 5, 20, 100 mujeres, organizadas desde lugares diversos y situaciones diferentes. Luchamos contra el racismo sistémico, los desahucios y la pobreza energética; desde la conciencia de la crisis climática y la falta de medidas eficaces para detenerla; contra la desigualdad e injusticia omnipresentes; contra los asesinatos, violaciones, violencias vicarias y todas las violencias machistas. Combatimos nuestra precarización y vulnerabilización y creamos espacios de reflexión y acción política. Nosotras, las feministas, las mujeres precarizadas, empobrecidas y violentadas; disidentes de sexo, género y expresión de género; migradas y racializadas; gordas, discas, menores, dependientes, defendemos derechos para todas, todos los días. Puede que la chispa que nos incendie sea la defensa de un mural, un desahucio, un barrio sin suministro eléctrico, el cierre de un espacio de igualdad o el desalojo de un centro social; la exclusión sanitaria de las personas migrantes, el despido de unas compañeras, el desprecio por la vida de las personas mayores o el penúltimo asesinato machista. No faltan motivos, especialmente estos dos últimos años, en los que la gestión de la pandemia ha agravado las violencias machistas, ha aumentado la carga de trabajo de cuidados de las mujeres, ha ahondado en todas las brechas sociales y ha precarizado aún más si cabe las vidas que se juzgan menos válidas. Pero, a la vez que protestamos, las feministas organizadas en nuestras comunidades conseguimos muchas cosas que no necesitamos reclamar: Plantamos huertos y okupamos edificios para las familias desahuciadas. Abrimos centros sociales para crear cultura, arte y pensamiento popular e inclusivo; clubes que fomentan un deporte colaborativo. Editamos vídeos, textos, canciones; fabricamos conocimiento, reciclamos ordenadores y bicicletas. Alimentamos barrios, limpiamos montes, creamos redes de apoyo escolar, de sostén y asesoramiento para la salud mental, para defendernos ante los abusos policiales, laborales, de vivienda, contra las violencias machistas. Aprendemos que no estamos solas y que somos diversas. Aprendemos a compartir la vulnerabilidad. Aprendemos que, si nos tocan a una, nos tocan a todas, que no podemos dejar a ninguna atrás. Aprendemos a caminar despacio para esperarnos y a correr cuando se necesita. Aprendemos la alegría de estar juntas, disfrutamos imaginando en común ese mundo que ya estamos transformando. Vivimos un poco en él, incluso. Aprendemos que organizarnos es empezar a vencer. Desde hace más de 40 años, las feministas de Madrid nos organizamos en la Comisión 8M para preparar esta jornada de lucha y reivindicación. El año pasado se prohibieron las manifestaciones del 8M en la Comunidad de Madrid. Hoy el Tribunal Constitucional ha admitido a trámite, de momento, tres de los recursos que interpusimos ante la prohibición, confirmando que existen indicios claros de que se vulneraron derechos fundamentales. Pero lo que está en juego es mucho más que una manifestación. Se busca deslegitimar y criminalizar a los colectivos, asociaciones y personas que, desde los feminismos, plantean una alternativa radical al modelo basado en el individualismo, el consumismo y la privatización que impera hoy, especialmente en la Comunidad de Madrid. Ante las agresiones de la extrema derecha, ante las políticas del sálvese quien pueda de la Comunidad de Madrid, que ni siquiera ejecuta el escaso presupuesto destinado a combatir las violencias machistas; _**ante el retroceso en derechos y libertades y el clima casi irrespirable; ante el aumento de la violencia, la misoginia, el sexismo y la LGTBIfobia, las feministas salimos hoy a las calles para visibilizar juntas la fuerza y diversidad del feminismo y nuestra potencia transformadora**_. Exigimos una educación pública, universal, gratuita y de calidad. Que aumente el profesorado y el personal de apoyo, que reconozca su labor, les pague bien y reduzca las ratios en las aulas. Pero también una educación sexual y afectiva que abrace y celebre todas nuestras identidades y opciones sexuales, que combata las violencias machistas 8 de marzo de 2022 Derechos para todas, todos los días en todas sus formas, que eduque en la corresponsabilidad, la equidad, la autonomía y la libertad. _**Queremos un currículum basado en la interculturalidad, que reconozca la diversidad y las aportaciones de todos los grupos sociales, como el pueblo gitano; que abandone el paradigma androcéntrico, extractivista, eurocéntrico y colonial; que celebre y fomente la riqueza lingüística y cultural del Estado español**_ y que incluya de manera efectiva la diversidad funcional. Exigimos una sanidad pública, universal, gratuita y de calidad, que remunere y valore adecuadamente a quienes trabajan en ella, ocupen el puesto que ocupen. Pero una sanidad que garantice el derecho al aborto; libre de violencia obstétrica; que garantice todos los derechos reproductivos y sexuales y se dote de recursos para ejercerlos con dignidad; que respete la intimidad y la autonomía de todas las personas, que atienda nuestro bienestar emocional y psíquico; que combata los sesgos capacitistas, de clase, de género, LGTBIfóbicos y racistas; que ponga la salud de las trabajadoras por encima de los intereses de las empresas. Queremos salud, entendida como bienestar físico, mental y social, no solo como ausencia de afecciones y enfermedades. Nuestra salud es incompatible con la violencia que ejerce sobre nuestros cuerpos, corazones y mentes eso que llaman el "mercado" de trabajo, en complicidad con el mercado de la vivienda. Exigimos condiciones laborales dignas para todas: acabar con las externalizaciones, la temporalidad y las jornadas parciales no deseadas; acabar con los abusos empresariales, con la explotación de las autónomas y con la marginalización de las jóvenes y de las personas con diversidad física e intelectual. Exigimos que ni los derechos sociales ni la situación administrativa se vinculen al trabajo asalariado; que se cierren las brechas, tanto salarial como de las pensiones; que se refuerce la inspección laboral. Exigimos que se atienda especialmente a los sectores feminizados, precarizados e invisibilizados (jornaleras, limpiadoras, kellys) y que se ratifique de una vez por todas el Convenio 189 de la OIT sobre el trabajo doméstico. Exigimos un sistema de atención a la dependencia público, universal, gratuito y de calidad. Pero un sistema que priorice la autonomía, la independencia, la dignidad y la libertad de las que necesitamos estos cuidados y de las que cuidamos; que garantice las condiciones laborales de las trabajadoras del sector, muchas de ellas migrantes. Queremos vivir plenamente todas nuestras vidas: personal, afectiva, familiar, militante y, si no queda más remedio, laboral. Exigimos una justicia gratuita, universal y accesible. Pero una justicia que nos escuche, que nos crea, que no nos exponga; que elimine los sesgos patriarcales, racistas, clasistas y capacitistas. Una legislación que respete nuestra libertad sexual, que no nos victimice, que busque soluciones que no pasen solo por la tipificación de delitos y el aumento de las penas; que persiga eficazmente la trata con fines de explotación laboral y explotación sexual. Exigimos el derecho a la autodeterminación de sexo y/o género para todas, sin limitaciones. Exigimos la regularización de las personas migrantes, la derogación de la ley de extranjería y el fin de la represión asesina en la frontera sur, el cierre de los CIES y el derecho al voto de todas las personas que viven en el Estado español. Queremos un mundo sin muros, ni fronteras, ni guerras. No queremos explotar a nadie. No queremos sustentar nuestra vida sobre la explotación de otros territorios, de otras poblaciones, de otras mujeres. Nuestro bienestar no puede depender de un sistema colonial que oprime a tres cuartas partes de la población, ni de un sistema extractivista que amenaza con destruir el planeta. Somos un grito global: Nuestra lucha es la de todas, en todos los lugares del planeta. ***Somos un grito global que viene de lejos: Las miles de mujeres que padecieron la represión franquista en todas sus formas son parte de nuestra memoria democrática y feminista***

Somos un grito global que llega de lejos: Caminamos con las defensoras indígenas de la tierra, con las mujeres polacas, brasileñas, húngaras, indias y todas las que se enfrentan a gobiernos fascistas; con las mujeres mexicanas, sudafricanas, salvadoreñas y todas las que se organizan ante los feminicidios y la complicidad de sus gobiernos; reivindicamos la libertad y agencia de las mujeres afganas, palestinas, malienses, kurdas, saharauis y de todas las que resisten las guerras, las diásporas y los exilios. Nos fortalecen las victorias: hemos sacado los pañuelos verdes con nuestras compañeras argentinas y colombianas y su conquista del derecho al aborto y hemos vibrado con nuestras hermanas chilenas y su grito contra la violencia. Hacemos nuestras todas y cada una de las resistencias que las mujeres están batallando, desde sus territorios y sus cuerpos. El movimiento feminista, en toda su diversidad, construyendo múltiples y valiosísimas alianzas, es una caja de resonancia de toda la conflictividad social, así como del deseo y el entusiasmo por cambiarlo todo, desde la convicción de que un mundo justo es posible. ***Somos un movimiento de genealogías diversas que transforma todos los aspectos de la vida. En este contexto de crisis global, las feministas tenemos un plan, dibujamos otra trayectoria posible, con una potencia feminista que atraviesa fronteras y derriba muros. Nos llamamos a seguir caminando juntas, a seguir en rebeldía hasta que la sociedad feminista que queremos sea una realidad para todas y cada una. ¡Derechos para todas! Ayer, hoy, mañana, todos l***

Reivindicaciones

- **<u>Abolicionismo de la prostitución</u>:** Para el feminismo radical, la prostitución debe ser abolida, es decir, eliminada de forma permanente, no prohibida, porque es una institución <u>patriarcal</u> basada en la desigualdad entre varones y mujeres. Esta corriente teórica considera que la <u>explotación sexual</u> y la prostitución son fenómenos inescindibles cercanos al maltrato o abuso sexual. Considera a la prostitución como un sistema de opresión <u>sexista</u>, <u>racista</u> y <u>clasista</u>. Se opone a la constante represión policial que sufren las mujeres que la ejercen y a la desaparición de mujeres, secuestradas por redes de trata con fines de <u>explotación sexual</u>. Considera especialmente a la <u>trata</u> como una violación de los <u>derechos humanos</u> y que la mayoría de las personas en situación de prostitución son víctimas de la trata. No se puede hablar de libre elección por cuanto las mujeres que se prostituyen lo hacen en un contexto de vulnerabilidad social que influye en su supuesto consentimiento.

- **<u>Abolicionismo de la pornografía</u>**: El feminismo radical entiende la pornografía como un ejemplo claro de la cultura de la <u>violación</u> y promueve leyes de protección y prohibición.

- **<u>Abolicionismo de la gestación subrogada</u>**: El feminismo radical defiende que la gestación subrogada, también conocida como alquiler de vientres, es una forma de violencia contra las mujeres. La gestación subrogada la entienden como explotación reproductiva hacia el cuerpo de las mujeres más vulnerables. Además de tráfico de menores, convierten a las mujeres y a los recién nacidos en objetos de comercio.

- **<u>Abolición del género</u>**: El feminismo radical defiende que el sexo es una realidad biológica y el género en cambio, es un conjunto de normas, una serie creencias y formas de actuar o reaccionar en la sociedad que están en el imaginario colectivo y son otorgadas y asignadas de forma educacional y social según el sexo con el que se nace.

4 el colectivo LGTBI

[El gran misterio dentro de un enigma]

LGBTI o **LGTBI** es la sigla compuesta por las iniciales de las palabras **L**esbianas, **G**ais, **B**isexuales y **T**ransgénero e **I**ntersexuales. En sentido estricto, agrupa a las personas con las orientaciones sexuales e identidades de género relativas a esas cuatro palabras, así como las comunidades formadas por ellas. La expresión tuvo su origen en el idioma inglés en los años noventa, pero estas iniciales coinciden en varios idiomas, entre ellos el español. El término ha sido resultado de una evolución en la que se fueron agregando letras con el fin de incluir a diversas comunidades discriminadas por su identidad sexual. Inicialmente se utilizaba la expresión «homosexual» o «gay», pero algunas organizaciones de personas lesbianas y bisexuales la cuestionaron como insuficiente, dando paso a la creación de la sigla «LGB». Posteriormente las personas transexuales hicieron una crítica similar dando origen a la sigla «LGBT». El orden de las letras dentro de la sigla puede variar según el uso de cada comunidad o de cada país.

En los últimos años han surgido nuevas ampliaciones de la sigla con el fin de incluir a otras comunidades, como a las personas intersexuales (**LGBTI**), (**LGBTQ**), asexuales (LGBTA) y kink dando origen a la sigla LGBTQIAK entre otras. También las comunidades de personas transexuales y transgénero han sostenido que no corresponde fusionarlas en una sola letra, escribiendo la sigla con doble te (LGBTT). Esta tendencia a adicionar letras para incluir nuevas comunidades y disidencias, ha dado lugar también a la utilización del signo más a continuación de la sigla (LGBT+).

Dentro de esta tendencia progresiva, la sigla «LGBT» ha adquirido un sentido amplio, abarcando también a las comunidades no incluidas en esas cuatro letras, enfatizando la diversidad sexual y de identidades de género, incluyendo a las personas que tienen un sexo, una orientación sexual o un género no aceptados por la heteronorma y el binarismo tradicionales, en lugar de aplicarlo exclusivamente a personas que se definen como lesbianas, gais, bisexuales o transexuales.

También se ha comenzado a utilizar la palabra **«diversidad»** para referirse a todas las orientaciones sexuales, tipos de relación erótica e identidades de género, adoptadas libremente y discriminadas legal o moralmente, sin limitarse a aquellas referidas por las letras de la sigla, como el BDSM y el kink, las prácticas swinger, los diferentes fetichismos, la estética leather, los osos, la pansexualidad, el poliamor, la infidelidad unilateral consentida (*cuckolding*), etc.

La sigla se ha establecido como una expresión de autoidentificación colectiva y ha sido adoptada por la mayoría de comunidades y medios de comunicación LGBT en muchos países del mundo.

Sin embargo, algunas personas y comunidades literalmente englobadas por la sigla LGBT o sus ampliaciones, se han manifestado disconformes con ella. Algunos individuos de un grupo pueden sentir que no tienen ninguna relación con los individuos de los otros grupos englobados y encontrar ofensivas las persistentes comparaciones. Algunos defienden que las causas de personas transexuales y transgénero no pueden agruparse en la misma denominación que las de las personas homosexuales y bisexuales. Esto encuentra su expresión en la corriente del «separatismo gay y lésbico», que mantiene que las lesbianas y los gais deberían formar una comunidad distintiva y separarse de los otros grupos que normalmente se incluyen. Otras personas, aun viendo con buenos ojos el término, debido a que incluye diferentes identidades y orientaciones, así como por el hecho de ser ampliamente usado, piensan que no es perfecto y que es «políticamente correcto».

Evolución de la sigla

Antes de la revolución sexual de los años 1960, la cultura occidental no tenía ninguna palabra sin connotación peyorativa para definir a las personas que no se ajustaran a los rígidos cánones de género y comportamiento sexual. Otras culturas, a veces convivientes con la cultura occidental, habían desarrollado sin embargo conceptos no despectivos, como sucede con los conceptos «dos espíritus» o «muxe», de las culturas indígenas americanas. Lo más parecido era «tercer sexo», que provenía de la sexología de los años 1860 y de algunos textos hinduistas, pero nunca alcanzó un uso generalizado.

A partir de la segunda mitad del siglo XIX aparecen en Occidente términos médicos como «homosexual» y «bisexual» y en la primera mitad del siglo XX aparece la palabra «lesbiana». Los prejuicios y persecuciones de la época hicieron que las personas y centros homosexuales recurrieran en esos países, a la palabra "amistad" o "amor" para referirse a las relaciones homosexuales, aunque la palabra "lesbiana" fue una de las primeras en ser utilizada sin connotaciones negativas, en la Alemania de la década de 1920, en el libro *Berlins*

lesbische Frauen («Las mujeres lésbicas de Berlín») de Ruth
Margarete Roellig, publicado en 1928, con el que popularizó
a Berlín como centro de la cultura lésbica europea.

Manifestación LGTB. Foto Getty imagenes

Siempre en Occidente, a comienzos de la década de 1950, revistas,
organizaciones y clubes homosexuales, comienzan a utilizar
frecuentemente la palabra homófilo (que tiene amor por una persona
del mismo sexo), con el fin de destacar el amor existente en las
relaciones homosexuales y postergar la significación puramente sexual
que denotan los conceptos de homosexual y bisexual. La palabra
homófilo y sus equivalentes idiomáticos, fue muy utilizada con un
sentido positivo, en varios países europeos (Alemania, Bélgica,
España, Francia, Holanda, Inglaterra, Suecia) y los Estados Unidos, en
los años cincuenta, sesenta y setenta. El término luego dejaría de ser
utilizado por los colectivos LGBT, siendo reemplazado por "gay" y
"homosexual".

Por entonces la palabra *gay* comenzó a ser cada vez más usada
en Estados Unidos para autoidentificarse, mientras que en los países
de habla hispana las primeras organizaciones surgidas a comienzos de
la década de 1970, utilizaron la palabra "homosexual" y "lesbiana" para
definirse. La agrupación de varones homosexuales y lesbianas, en un
conjunto mayor, no fue del agrado de toda la comunidad lésbica. La

organización estadounidense *Daughters of Bilitis* se fracturó en 1970 por tensiones internas debidas a la dirección en la que debían centrarse: el feminismo o los derechos homosexuales. Algo similar sucedió en Argentina, que aunque dentro del Frente de Liberación Homosexual actuó un grupo lésbico, el mismo quedó relativamente marginado y la mayor parte del movimiento lésbico actuó dentro de las organizaciones feministas. Las feministas lésbicas tomaron como prioridad la igualdad de género, percibiendo como patriarcales las diferencias de roles entre hombres y mujeres o lo *butch y femme*. Evitaban los roles de género que habían sido dominantes en los bares para lesbianas y se apartaron de los varones homosexuales, que percibían como chovinistas; muchas de ellas rehusaron trabajar con los hombres gais o luchar por sus causas. En cambio, las lesbianas que tenían una visión más esencialista, que opinaban que habían nacido homosexuales y que empleaban el término «lesbiana» hasta entonces descriptivo para definir a las de su orientación sexual, generalmente consideraban que las opiniones separatistas y coléricas de las feministas lésbicas eran perjudiciales para la causa de los derechos de los homosexuales.

Las identidades *trans*, que tuvieron su temprana definición en las nociones de «travestis», «butchs» (machonas) y «drag queens», estuvieron inicialmente incluidas en la denominación genérica de homosexuales. Los disturbios de Stonewall de 1969, ubicado en los primeros momentos del movimiento LGBT, evidencian poca diferenciación entre las distintas identidades. Pero desde mediados de la década de 1970 comenzaron a ganar autonomía con la aparición del término *transgender* en inglés, o transgénero en español. Entre finales de la década de 1970 y principios de la de 1980, hubo un cambio de percepción, algunos gais y lesbianas se volvieron menos tolerantes con las personas bisexuales o transexuales. Muchos creían que los transexuales actuaban según los estereotipos de género y que los bisexuales eran sólo homosexuales que tenían miedo de salir del armario y asumir su identidad. En la década de 1990 comienza a utilizarse en Argentina la palabra «trans», difundiéndose a toda América Latina a través de REDLACTRANS.[43] Dentro de dicha identidad genérica, se incluyen varias identidades, reconocidas como «travestis», «transexuales» y «transgénero» femeninas y masculinos.

Los cuatro grupos que conforman el término LGBT tuvieron dificultades a la hora de desarrollar su propia identidad y sus relaciones con los otros miembros del grupo colectivo, en ocasiones excluyéndolos. Estas dificultades siguen vigentes hoy día.

En los años noventa los cuatro colectivos comenzaron a percibirse como componentes de un mismo movimiento, en igualdad valorativa, pero respetuoso de la autonomía y especificidad de cada uno. Aunque en el seno de la comunidad LGBT se han visto ciertas polémicas sobre la aceptación universal de los distintos grupos de miembros (las personas transexuales, en particular, han sido en ocasiones marginadas por el grueso de la comunidad LGBT), el término LGBT ha sido un símbolo positivo de la voluntad inclusiva.

A pesar de que las siglas «LGBT» no contienen las iniciales de varias comunidades con orientaciones sexuales o identidades de género diversas, generalmente se acepta que el término incluye a aquellos no identificados por las cuatro letras. En general, el uso del término LGBT ha ayudado, con el paso del tiempo, a integrar a individuos que de otra forma habrían sido marginados en la comunidad global.

Críticas

El término conjunto LGBT o GLBT no genera un consenso entre todos. Por ejemplo, algunos argumentan que los problemas y objetivos de las personas transgénero, transexuales y travestis no son las mismas que las de los homosexuales, las lesbianas y las personas bisexuales. Este argumento se centra en la idea de que las personas transgénero y la transexualidad tienen que ver con la identidad de género o con el hecho de sentirse hombre o mujer, no con la orientación sexual. En cambio, los temas de los LGB son percibidos como un asunto de orientación sexual o de atracción, no de identidad. Estas distinciones se han hecho dentro del contexto de la acción política, donde las metas de los LGB pueden ser percibidas como distintas a las metas de las personas transgénero e intersexuales (por ejemplo, legislación sobre matrimonio homosexual entre otros). De forma similar, algunos intersexuales quieren ser incluidos en los grupos LGBT y prefieren el término "LGBTI" mientras otros insisten en que no son parte de la comunidad LGBT y desearían que no se les incluyera como parte del término.

La situación contraria se da en la corriente del «separatismo gay y lésbico» (que no debe ser confundido con el separatismo lésbico), que sostiene que las lesbianas y los varones gais forman (o deberían formar) una comunidad distintiva y separada de los otros grupos que normalmente se incluyen en la esfera LGBTQ.Aunque no tengan un número u organización suficientes para ser denominados un movimiento, los separatistas son un elemento activo, vocal y significativo en muchas partes de la comunidad LGBT En ciertos casos, los separatistas niegan la existencia o el derecho a la igualdad de las orientaciones no monosexuales y de la transexualidad. Esto se puede extender hacia una bifobia y una transfobia públicas. Los separatistas tienen oponentes poderosos: según Peter Tatchell del grupo de derechos humanos OutRage!, separar el movimiento transgénero del LGB sería una «locura política»

Muchas personas han intentado encontrar un término genérico para reemplazar las numerosas abreviaciones existentes. Para ello se han intentado usar palabras como «queer» y «arcoíris», pero no se han adoptado de manera generalizada. «Queer» tiene muchas connotaciones negativas para las personas mayores, que recuerdan el uso de la palabra como un insulto y una provocación, aparte de que el uso negativo del término se sigue dando. Por otra parte, muchos jóvenes entienden que la palabra «queer» tiene más carga política que «LGBT».Por su parte, «arcoíris» tiene connotaciones que hacen recordar a los hippies, los movimientos New Age y organizaciones como la Coalición Rainbow/PUSH de Jesse Jackson en los Estados Unidos.

El término no ha sido adoptado por todos, al entender algunos que es demasiado políticamente correcto o que es un intento de categorizar grupos distintos de personas en una palabra que suponga una zona gris. Otra preocupación es que el término LGBT pueda implicar quelas preocupaciones y prioridades de los principales grupos representados reciban igual consideración.

La representación de una «comunidad LGBT» o una «comunidad LGB» que lo englobe todo tampoco es apreciada por ciertas personas gais, lesbianas y transgénero, ni por los ontólogos. Algunos no suscriben o aprueban la campaña política y socialmente solidaria de derechos humanos, y la visibilidad que normalmente va con ella, incluyendo las marchas y eventos del orgullo gay. Creen que agruparse por orientaciones no heterosexuales perpetua el mito de que ser gay/lesbiana/bi hace a una persona deficientemente distinta de otras personas. Estas personas frecuentemente son menos visibles comparadas a los activistas LGBT más conocidos. Como es complicado distinguir a esta facción de la mayoría heterosexual, es muy común que la gente suponga que todas las personas agrupadas en el colectivo LGBT apoyan la liberación LGBT y la visibilidad del colectivo en la sociedad.

Pensamiento anti-LGBTI

El pensamiento anti-LGBT (También llamado **retórica anti-LGBT**, o **critica anti-LGBT**) son un conjunto de ideas, temas, eslóganes y que se han utilizado contra la homosexualidad u otras orientaciones sexuales no heterosexuales para confrontar a las personas lesbianas , gays , bisexuales y transgénero (LGBT). Van desde posiciones muy moderadas que solo buscan que el colectivo LGBT no tenga derechos especiales, y que no se criminalice más a los heterosexuales que a los LGBT, hasta otras posiciones más extremistas que buscan lo degradante y lo peyorativo y las expresiones de hostilidad hacia la homosexualidad que se basan en motivos religiosos , médicos o morales.

El pensamiento anti-LGBT en otros casos consiste en pánico moral o teoría de la conspiración. En Europa del Este, estas teorías de conspiración se basan en teorías de conspiración antisemitas anteriores y postulan que el movimiento LGBT es un instrumento de control y dominación extranjeros, basándose muchas veces en argumentos sobre como buscan una representación especial y leyes especiales para ellos, además de recibir toda la protección de las leyes ya existentes para todos.

Posiciones moderadas

Una gran parte de los pensadores anti LGTB de carácter moderado, reconocen que los miembros de su comunidad deben tener los mismos derechos que todos los ciudadanos heterosexuales, pero sin derechos especiales, Robert Carlile postulo que aquellas leyes que ofrecen protecciones especiales a los colectivos LGBT crean un gran problema a futuro pues los heterosexuales hombres y mujeres no poseen esa protección especial, de manera que los miembros del colectivo LGBT pasarían a ser ciudadanos a los que la justicia que debería ser igual para todos trataría preferencialmente, y ahora tendrían todos los derechos de los demás ciudadanos, y además la protección específica de las leyes LGBT que no protegen a los heterosexuales. Otros grupos moderados alegan que los colectivos LGBT están sobrerrepresentados en los medios, pues cuando se cometen crímenes contra ellos, la gran mayoría de medios de comunicación los cubren, a diferencia de cuando se cometen crímenes contra heterosexuales, los cuales suelen pasar desapercibidos. En otros casos esta minimización de todos los otros crímenes, para dar más visibilidad al grupo LGTB ha sido interpretado como un tipo de heterofobia, en la cual los crímenes contra heterosexuales son normalizados y de importancia mediática inferior, y los crímenes contra los LGTB tienen una cobertura especial.

Pensamiento anti-gay

Los activistas anti-gay afirman que la homosexualidad va en contra de los valores familiares tradicionales, por el cual solo un hombre y una mujer pueden procrear naturalmente entre ellos y darle continuidad natural a la humanidad, o que la homosexualidad es un caballo de Troya, o que "destruye familias" a través del reclutamiento homosexual que conducirá a la extinción de la humanidad pues los homosexuales no pueden procrear naturalmente entre ellos.

Causando desastres

El argumento se refiere a la idea de que los homosexuales causan desastres naturales, esta idea ha existido durante más de mil años, incluso antes de que Justiniano culpara de los terremotos al "comportamiento homosexual desenfrenado" en el siglo VI. Este tropo era común en la literatura cristiana moderna temprana; Se culpó a los homosexuales de terremotos, inundaciones, hambrunas, plagas, invasiones de sarracenos y ratones de campo. Este discurso fue revivido por Anita Bryant en 1976 cuando culpó a los homosexuales por las sequías en California. En los Estados Unidos, los grupos religiosos de derecha e izquierda, incluida la Iglesia Bautista de Westboro, continúan afirmando que los homosexuales son responsables de los desastres. Se ha culpado a los homosexuales de los huracanes, incluidos Isaac, Katrina y Sandy. En 2020, varias figuras religiosas, incluido el rabino israelí Meir Mazuz, han argumentado que la pandemia de COVID-19 es una retribución divina por la actividad del mismo sexo o los desfiles del orgullo de la época actual.

Después de los ataques del 11 de septiembre de 2001 , el televangelista Jerry Falwell culpó a "los paganos, los abortistas, las feministas, los gays y las lesbianas que estar tratando activamente de hacer de ese un estilo de vida alternativo , la ACLU , People for the American Way" por provocar la agresión de los fundamentalistas islámicos y provocando que Dios retire su protección para Estados Unidos. En la transmisión del programa de televisión cristiano The 700 Club , Falwell dijo: "Usted ayudó a que esto sucediera". Más tarde se disculpó y dijo: "Nunca culparía a ningún ser humano excepto a los terroristas".

En 2012, el político chileno Ignacio Urrutia afirmó que permitir a los homosexuales servir en el ejército chileno causaría que Perú y Bolivia pudieran invadir y destruir su país.

Causando el SIDA

Otra consecuencia del discurso contra la homosexualidad es que esta causa desastres, y sostiene que el VIH/SIDA es un castigo divino para la homosexualidad. Durante los primeros años de la epidemia del sida en la década de 1980, los principales periódicos la etiquetaron como una "plaga de homosexuales". Durante algunos años, el nombre técnico engañoso de la enfermedad fue inmunodeficiencia relacionada con los homosexuales, todo ello ligado al alto número de casos en ese colectivo.

El lema "El SIDA mata a los maricones muertos" apareció durante los primeros años del SIDA en los Estados Unidos, cuando la enfermedad se diagnosticaba principalmente entre hombres homosexuales y era casi invariablemente fatal. El eslogan se hizo popular rápidamente como una perogrullada pegadiza, un cántico o simplemente algo escrito como graffiti. Se ha informado de que la consigna apareció por primera vez en público en la década de 1990, cuando Sebastian Bach, el ex cantante de heavy metal de la banda Skid Row, lo puso en una camiseta arrojada a él por un miembro del público. El lema "El SIDA cura a los maricones" es utilizado por la Iglesia Bautista de Westboro.

Agenda homosexual

El término despectivo "agenda homosexual" se aplica a los esfuerzos para cambiar las políticas y leyes gubernamentales sobre temas de lesbianas, gays , bisexuales y transgénero (LGBT), por ejemplo, el matrimonio entre personas del mismo sexo y las uniones civiles, la adopción de LGBT , el reconocimiento de la orientación sexual como un clasificación de minorías de derechos civiles protegidos, participación militar LGBT, inclusión de la historia y los temas LGBT en la educación pública , introducción de legislación contra el acoso para proteger a los menores LGBT, así como campañas no gubernamentales y acciones individuales que aumentan la visibilidad y la aceptación cultural de las personas LGBT, relaciones e identidades. El término también ha sido utilizado por algunos conservadores sociales para describir los supuestos objetivos de los activistas por los derechos LGBT, como el supuesto reclutamiento de heterosexuales en un "estilo de vida homosexual".

En los Estados Unidos, la frase "la agenda gay" fue popularizada por una serie de videos producida por el grupo religioso evangélico, Springs of Life Ministries en California, y distribuida por muchas organizaciones de la derecha cristiana , cuyo primer video se llamó The Gay Agenda y fue lanzado en 1992. En el mismo año, la Oregon Citizens Alliance (una organización activista política cristiana conservadora) usó este video como parte de su campaña para la Iniciativa de Ley 9 para enmendar la Constitución de Oregon para prevenir lo que el OCA acuso de derechos especiales para gays, lesbianas y bisexuales.

Paul Cameron, cofundador del Instituto para la Investigación Científica de la Sexualidad en Lincoln, más tarde rebautizado como Instituto de Investigación Familiar, apareció en el video, en el que afirmó que el 75 por ciento de los hombres homosexuales ingieren heces con regularidad y que entre el 70 y el 78 por ciento han tenido una enfermedad de transmisión sexual. [37] La Agenda Gay fue seguida por otras tres publicaciones en video; The Gay Agenda in Public Education (1993), The Gay Agenda: March on Washington (1993) y un artículo complementario Stonewall: 25 Years of Deception (1994). Los videos contenían entrevistas con opositores a los derechos LGBT, y la serie se puso a disposición a través de organizaciones de derechos cristianos.

En 2003, la miembro de Corte Suprema de Estados Unidos Antonin Scalia escribió en su voto particular en el caso histórico Lawrence v. Texas, que la opinión de hoy es producto de una Corte, producto de una cultura de abogacía, que se ha adherido en gran medida a la llamada agenda homosexual, con lo que me refiero a la agenda impulsada por algunos activistas homosexuales dirigida a eliminar el oprobio moral. que tradicionalmente se ha vinculado a la conducta homosexual.

En 2019, dos prominentes cardenales católicos romanos, Raymond Leo Burke y Walter Brandmuller, escribieron una carta abierta al Papa Francisco pidiendo el fin de "la plaga de la agenda homosexual" a la que atribuyeron en parte la crisis de abuso sexual que afecta a la Iglesia católica. Afirmaron que la agenda fue difundida por "redes organizadas" protegidas por una "conspiración de silencio". [40]Activistas cristianos ugandeses y estadounidenses, influenciados por la derecha religiosa estadounidense, tomaron prestada la retórica de la "agenda gay" para influir en la opinión pública y, finalmente, persuadir al parlamento de aprobar la Ley contra la homosexualidad de Uganda con penas de cadena perpetua por "el delito de homosexualidad". "(anteriormente llamado" proyecto de ley Kill the Gays ").

Respuestas

La Alianza Gay y Lesbiana Contra la Difamación (GLAAD) describe el término como una "invención retórica de extremistas anti-gay que buscan crear un clima de miedo al presentar la búsqueda de los derechos civiles para las personas LGBT como siniestra". Tales campañas basadas en una presunta "agenda gay" han sido descritas como propaganda anti-gay por investigadores y críticos.

Un artículo satírico de Michael Swift que apareció en Gay Community News en febrero de 1987 titulado "Gay Revolutionary" describe un escenario en el que los hombres homosexuales dominan la sociedad estadounidense y suprimen todo lo heterosexual. Esto fue reimpreso en Congressional Record sin la línea de apertura: "Este ensayo es una locura, una locura, una fantasía trágica y cruel, una erupción de rabia interior, sobre cómo los oprimidos sueñan desesperadamente con ser el opresor".

La homosexualidad como antinatural

Describir la homosexualidad como antinatural se remonta a los filósofos y sabios griegos <u>Platón</u>, <u>Aristóteles</u> y <u>Tomás de Aquino</u>. Sin embargo, no existe una definición única de "antinatural". Algunos sostienen que la homosexualidad es antinatural en el sentido de estar ausente en casi toda la naturaleza. Otros argumentan que los genitales fueron creados para la reproducción (ya sea por Dios o por selección natural) y no están destinados a ser utilizados para propósitos que consideran "antinaturales" o solo destinados al placer homosexual. Los defensores de esta idea a menudo argumentan que la homosexualidad es inmoral porque no es natural, pero los oponentes argumentan que este argumento es una combinación de lo que debe ser. Algunos defensores de la tesis de la "antinaturalidad" argumentan que el comportamiento homosexual es el resultado del "reclutamiento" o de la pecaminosidad deliberada. Sin embargo, si las causas de la orientación sexual (todavía un tema de debate científico) son biológicas o es una decisión completa, esto podría socavar su argumento hasta cierto punto.

Como una enfermedad

Ya en el siglo IV, el emperador cristiano Constantino I decretó la supresión de los rituales ofrecidos al río Nilo debido a que eran practicados por «hombres afeminados». El obispo Eusebio de Cesarea celebró entonces «que toda aquella ralea de hermafroditas fuera exterminada» para que «en ningún lugar pudieran verse seres tan patológicamente afectados de esa lascivia».

Algunos de los que calificaron la homosexualidad de antinatural, como el líder de la Coalición de Valores Tradicionales y activista de la derecha cristiana Louis Sheldon, dijeron que aun si se demostrara que se trata de un fenómeno de base biológica, seguiría siendo algo patológico. El gremio de la psiquiatría, a su vez, medicalizó en el pasado el deseo entre personas del mismo sexo. En los Estados Unidos, la homosexualidad fue eliminada en 1973 como trastorno mental del Manual Diagnóstico y Estadístico de los Trastornos Mentales (DSM), ya que no cumplía con los criterios para un trastorno mental.[474849] La Iglesia católica todavía enseña oficialmente que las "tendencias homosexuales" son "objetivamente desordenadas". En 2016, el pensamiento anti-LGBT estaba aumentando en Indonesia bajo el hashtag de Twitter *#TolakLGBT* (#RejectLGBT) y afirma que LGBT es una enfermedad. En 2019, el arzobispo Marek Jędraszewski afirmó que una "plaga del arco iris" amenazaba a Polonia. En 2020, el ministro de educación de aquel país defendió a un funcionario que advirtió que el "virus LGBT" amenazaba las escuelas polacas y era más peligroso que la COVID-19.

La homosexualidad como impía

"Adam y Steve" vuelve a dirigir aquí. Para la película de 2005, vea Adam & Steve. La frase "Dios hizo a Adán y Eva, no a Adán y Steve" es un eslogan que se usa como abreviatura aludiendo a un argumento bíblico de que la homosexualidad es pecaminosa y antinatural. Un artículo de Christianity Today en diciembre de 1970 informó sobre las actitudes en San Francisco, citando un graffiti que decía: "Si Dios hubiera querido homosexuales, habría creado a Adam y Freddy". En 1977, en el condado de Dade, Anita Bryant hizo un comentario similar, solo que su versión era "Adam and Bruce". [57] En 1979, Jerry Falwell había utilizado "Adam and Steve". [58] En 1977, se usó en un cartel de protesta, como se menciona en un informe del servicio de noticias del New York Times sobre una manifestación del 19 de noviembre en Houston ese año. La frase se usó en "The Gay Bar", un episodio de Maude transmitido el 3 de diciembre de 1977. Dos años más tarde, Jerry Falwell dio a la frase una circulación más amplia en un informe de Christianity Today de una conferencia de prensa que tenía. dado. La frase más tarde adquirió una cierta notoriedad, y, cuando se utiliza para nombrar a un par de personajes en una obra de ficción, ayuda para identificarlos como miembros de una pareja homosexual (Paul Rudnick s' juegan La más fabulosa historia Ever Told , la película de 2005 Adam & Steve y otras obras). La frase fue utilizada por el Partido de la Unión Democrática MP David Simpson durante la campaña británica de 2013 en la Cámara de los Comunes ' debate sobre el matrimonio entre personas del mismo sexo , aunque un lapsus diciendo 'en el Jardín del Edén, fue Adán y Steve' Inicialmente provocó risas en la cámara. El candidato presidencial de Zimbabue, Nelson Chamisa, dijo en una entrevista que "[nosotros] debemos ser capaces de respetar lo que Dios ordenó y cómo fuimos creados como pueblo, hay un hombre y una mujer, hay Adán y Eva, no Adán y Steve ". La frase también fue reclamada por personas LGBT y utilizada en blogs, cómics y otros medios de comunicación burlándose del mensaje anti-gay.

La homosexualidad como estilo de vida

Estrechamente relacionada con la idea de " reclutamiento homosexual " está la idea de un "estilo de vida homosexual" o "estilo de vida gay", que las personas LGBT eligen voluntariamente en lugar de tener una orientación sexual no heterosexual. Los activistas de la derecha cristiana también pueden preocuparse de que el aumento de los derechos LGBT y las leyes especiales hagan que el "estilo de vida gay" sea más atractivo para los jóvenes, pues estos podrían ver que pertenecer a la comunidad LGBTT les daría una protección especial ante la ley, o podrían obtener atención más fácilmente. Sin embargo, las personas normalmente no sienten ningún sentido de control sobre su orientación o atracción sexual, y algunos científicos favorecen las explicaciones biológicas de la orientación sexual.

Actos homosexuales como pecado

Muchos cristianos conservadores consideran que los actos homosexuales son inherentemente pecaminosos según pasajes de las Escrituras como Levítico 18:22 ("No te acostarás con un hombre como con una mujer; es una abominación"), Levítico 20:13 ("Si un hombre yace con un varón como con una mujer, ambos han cometido una abominación; serán condenados a muerte, su sangre será sobre ellos "), y 1 Corintios 6 : 9-10 (" ¿No sabéis que los malhechores no heredarán el reino de Dios? no se deje engañar! fornicarios, idólatras, adúlteros, afeminados, sodomitas, ladrones, los avaros, borrachos, maldicientes, ladrones, ninguno de éstos heredarán el reino de Dios. ") la historia de Sodoma y Gomorra, una ciudad que fue incendiada debido a los pecados de sus habitantes, a veces se presenta como una retribución divina por el comportamiento homosexual, esto fue comparado con los la aparición del Sida en el siglo XX, y la Pandemia de Covid en el siglo XXI.

Las congregaciones e individuos oponentes han utilizado varios lemas incendiarios y controvertidos, incluidos algunos enumerados en la siguiente sección, en particular Fred Phelps , fundador de la Iglesia Bautista de Westboro . Estos lemas han incluido "Dios odia a los maricones", "Teman a Dios, no a los maricones" y " Matthew Shepard se quema en el infierno".

La homosexualidad también se considera con frecuencia un pecado en el Judaísmo y el Islam. En algunos países del Medio Oriente, los actos de homosexualidad se castigan con la muerte. El pensamiento anti-LGBT y la homofobia política están creciendo en algunos países musulmanes.

Otros líderes religiosos, incluidos cristianos, musulmanes y judíos, han denunciado el pensamiento anti-LGBT.

Teoría de los Occidentales enfermos

A veces se afirma que la homosexualidad no existe en algunos países no occidentales o que es una influencia maligna importada de Occidente. El primer ministro Mahathir Mohamad de Malasia empleó la retórica anti-gay como parte de su programa de "valores asiáticos", describiendo la homosexualidad como uno de varios males occidentales. Mohamad lo usó para obtener una ventaja política en el escándalo de 1998 que involucró el despido y encarcelamiento del diputado y ex viceprimer ministro Anwar Ibrahim por Mohamad en medio de acusaciones de sodomía que el Sydney Morning Herald calificó como un "arreglo descaradamente político". Anwar fue posteriormente sometido a dos juicios y condenado a nueve años de prisión por corrupción y sodomía.

Mientras estaba en Nueva York para una reunión de las Naciones Unidas, el presidente iraní Mahmoud Ahmadinejad fue invitado a hablar en la Universidad de Columbia en Nueva York para dar una conferencia. Al responder a una pregunta de un estudiante después, dijo, hablando a través de un intérprete: "En Irán, no tenemos homosexuales como en su país". En su farsi nativo, usó el argot equivalente a maricón , no el término neutral para un "homosexual".

Otros países y regiones que ven la homosexualidad como una enfermedad o como algo muy costoso para la sociedad occidental incluyen Vietnam, China, Etiopía, África, los musulmanes australianos, e India.

Confusión con abuso infantil

La afirmación de que los homosexuales abusan sexualmente de los niños es anterior a la era actual, ya que fue dirigida contra los pederastas incluso durante la antigüedad. Los legisladores y comentaristas sociales a veces han expresado su preocupación de que la normalización de la homosexualidad también conduciría a la normalización de la pedofilia, si se determinara que la pedofilia también es una orientación sexual, para ello se ha comentado que si el interés sexual por el mismo sexo u homosexualidad es algo con lo que se nace y los homosexuales no pueden cambiarlo, de la misma manera se podría afirmar que el interés sexual por menores es algo que tampoco podrían cambiar los pedófilos y por ello se les debe normalizar. Una afirmación relacionada es que la adopción LGBT se realiza con el propósito de preparar a los niños para la explotación sexual. Otros han afirmado especulativamente que el "+" en "LGBT +" se refiere a "pedófilos, zoófilos, necrófilos". En 2020, los teóricos de la conspiración en línea alegaron que LGBT está agregando una P para "pedosexual" y que los pedófilos han creado las identidades LGBT de "clovergender" y "agefluid". Todas estas afirmaciones han sido calificadas de malintencionadas por verificadores de hechos, muchos de estos argumentos ganaron relevancia en 2019 cuando el actor ganador de 2 oscares Kevin Spacey fue acusado de violación de menores, y al poco tiempo el actor se declaró Gay y pidió disculpas.

La investigación empírica muestra que no hay evidencias claras de que la orientación sexual afecta la probabilidad de que las personas abusen de los niños.

Reclutamiento

El argumento de "reclutamiento de homosexuales" es un elemento utilizado por los conservadores sociales que alegan que las personas LGBT realizan esfuerzos concertados para adoctrinar a los niños en la homosexualidad. En los Estados Unidos, esto se remonta a principios de la era de la posguerra. Se encontraron defensores especialmente entre la Nueva Derecha, como lo personifica Anita Bryant . En su campaña Save Our Children , promovió una visión de los homosexuales que reclutan jóvenes. Un lema común es "Los homosexuales no pueden reproducirse, por lo que deben reclutar" o sus variantes. Los partidarios de las acusaciones de reclutamiento señalan la educación sexual "desviada" y "lasciva" como prueba. Expresan preocupación porque los esfuerzos contra el acoso escolar enseñan que "la homosexualidad es normal y que los estudiantes no deben acosar a sus compañeros de clase porque son homosexuales", sugiriendo el reclutamiento como la principal motivación. Los partidarios de este argumento citan la incapacidad de las parejas del mismo sexo para reproducirse como una motivación para el reclutamiento.

Los sociólogos y psicólogos describen tales afirmaciones como un mito anti-gay, y una fijación de monstruo como el Coco, o el hombre del saco que induce al miedo. Muchos críticos creen que el término promueve el mito de los homosexuales como pedófilos.

En 1977, Anita Bryant hizo campaña con éxito para derogar una ordenanza en el condado de Miami-Dade que prohibía la discriminación por motivos de orientación sexual. Su campaña se basó en acusaciones de reclutamiento de homosexuales. Al escribir sobre los esfuerzos de Bryant para derogar una ley contra la discriminación de Florida en el Journal of Social History , Michel Boucai escribió que "la organización de Bryant, Save Our Children, enmarcó la ley como un respaldo a la inmoralidad y una licencia para 'reclutamiento'. La Medida de Elección 9 propuesta por Oregon en 1992 contenía un lenguaje que habría agregado pensamiento anti-LGBT a la Constitución estatal. La escritora estadounidense Judith Reisman justificó su apoyo a la medida, citando "una vía clara para el reclutamiento de niños" por parte de gays y lesbianas. Un pequeño periódico de la capital de Uganda atrajo la atención internacional en 2010 cuando destacó a 100 personas homosexuales junto a una pancarta que decía "Cuélguelos", y afirmó que los homosexuales tenían como objetivo "reclutar" a niños ugandeses y que las escuelas "habían sido penetradas por activistas homosexuales". para reclutar niños ". Según activistas por los derechos de los homosexuales, muchos ugandeses fueron atacados posteriormente como resultado de su orientación sexual real o percibida. El activista de las minorías David Kato, quien fue descubierto en el artículo y co-demandante en la demanda contra el periódico, fue posteriormente asesinado en su casa por un intruso y se produjo una protesta internacional. En 1998, The Onion parodió la idea de "reclutamiento de homosexuales" en un artículo titulado "La campaña de reclutamiento de homosexuales del 98 se acerca a la meta", diciendo: "Portavoces del Grupo de Trabajo Nacional de Reclutamiento de Gays y Lesbianas anunciaron el lunes que más de 288,000 heterosexuales se han convertido a la homosexualidad desde el 1 de enero de 1998, poniendo al grupo bien encaminado para alcanzar su meta de 350.000 conversiones para fin de año". Según Mimi Marinucci, la mayoría de los adultos estadounidenses que apoyan los derechos de los homosexuales reconocerían la historia como una sátira debido a detalles poco realistas. La Iglesia Bautista de Westboro transmitió la historia como un hecho, y la citó como evidencia de una conspiración gay.

Conspiración LGBT

En 1937, el erudito inglés de clásicos gay Sir Maurice Bowra se refirió a sí mismo como parte del "Homintern". Sin embargo, existen afirmaciones contradictorias sobre quién acuñó el término, incluidas Jocelyn Brooke, Harold Norse y WH Auden . Un despegue de la Comintern (Internacional Comunista), estaba destinado a transmitir la idea de una comunidad homosexual global.

Auden usó el término en la Partisan Review en 1950, titulando su reseña de un libro sobre Oscar Wilde: "Un Playboy del mundo occidental: San Oscar, el mártir de Homintern".

"Homintern" también fue utilizado por el senador estadounidense Joe McCarthy durante el susto macartista en la década de 1950, quien lo usó para afirmar que las administraciones de Franklin D. Roosevelt y Harry S. Truman estaban decididas a destruir Estados Unidos desde adentro. Se buscó vincular el comunismo y la homosexualidad, con "homintern", un juego de palabras " Comintern " (el nombre corto de la Internacional Comunista). Pero la palabra también fue utilizada irónicamente por quienes estaban a favor de los derechos de los homosexuales.

Homintern también apareció en varios artículos de revistas de circulación masiva durante la década de 1960, como Ramparts , que en 1966 publicó un artículo de Gene Marine sobre Homintern. También se utilizó con frecuencia en la revista conservadora National Review . William F.Buckley, Jr.advertiría sobre las maquinaciones del Homintern en su programa de televisión Firing Line, alimentando la creencia conservadora de que Homintern manipuló deliberadamente la cultura para fomentar la homosexualidad mediante la promoción de programas de campo como la popular serie de televisión Batman de los años 60 . Estos artículos de revistas a menudo se ilustraban con el color lavanda y el Homintern a veces se llamaba "la conspiración lavanda". Posteriormente se afirmó que había una red mundial secreta de propietarios de galerías de arte, directores de ballet, productores de películas , ejecutivos de sellos discográficos y fotógrafos que, entre bastidores, determinaban quiénes se convertirían en artistas, bailarines, actores y modelos de éxito.

El historiador Michael S. Sherry ha utilizado el término discurso hominterm "para el conjunto desordenado de ideas y acusaciones sobre la presencia creativa gay".

Gaystapo

El término "Gaystapo" (francés: Gestapette) fue acuñado en Francia en la década de 1940 por el satírico político Jean Galtier-Boissière para el ministro de educación de Vichy , Abel Bonnard . Posteriormente , el líder del Frente Nacional , Jean-Marie Le Pen, lo aplicó a Florian Philippot , a quien acusó de ser una mala influencia para Marine Le Pen.

Mafia homosexual y gay

El crítico inglés Kenneth Tynan escribió a AC Spectorsky (editor de Playboy) en 1967 proponiendo un artículo sobre la "mafia homosexual" en las artes. Spectorsky declinó, aunque afirmó que "los sabuesos de la cultura estaban rindiendo homenaje al faggotismo como nunca antes lo habían hecho". Posteriormente, Playboy organizaría un panel sobre temas de homosexuales en abril de 1971.

La "mafia gay" se hizo más utilizada en los medios de comunicación estadounidenses en las décadas de 1980 y 1990, como el diario estadounidense The New York Post . El término también fue utilizado por el tabloide británico The Sun en 1998 en respuesta a lo que afirmaba era el siniestro dominio de los hombres homosexuales en el gabinete del Partido Laborista.

Mafia lavanda

Si bien el término Mafia Lavanda o "Lavender Mafia" se ha utilizado ocasionalmente para referirse a redes informales de ejecutivos homosexuales en la industria del entretenimiento de Estados Unidos, de manera más general se refiere a la política de la Iglesia. Por ejemplo, una facción dentro del liderazgo y el clero de la Iglesia Católica Romana que supuestamente aboga por la aceptación de la homosexualidad dentro de la Iglesia y sus enseñanzas.

Influencia política ilegítima

Los opositores de los derechos LGBT en Europa suelen utilizar el término " lobby homo " o " lobby gay". Por ejemplo, el movimiento de resistencia nórdica del partido neonazi sueco lleva a cabo una campaña de "aplastar al grupo de presión homo". Según el periódico alemán Der Tagesspiegel , defender los derechos LGBT podría llamarse con precisión cabildeo, pero el término Schwulen-Lobby ('lobby gay') es insultante porque se usa para sugerir una poderosa conspiración que en realidad no se ha probado que existe.

Iglesia católica

En 2013, el Papa Francisco habló sobre un "lobby gay" dentro del Vaticano y prometió ver qué se podía hacer. En julio de 2013, Francisco hizo una distinción entre el problema del cabildeo y la orientación sexual de las personas: "Si una persona es gay y busca a Dios y tiene buena voluntad, ¿quién soy yo para juzgar?" "El problema", dijo, "es no tener esta orientación. Debemos ser hermanos. El problema es el cabildeo por esta orientación, o lobbies de gente codiciosa, lobbies políticos, lobbies masónicos, tantos lobbies. Este es el peor problema."

LGBT como ideología

En 2013, Alex Aradanas publicó algunos artículos en el sitio web de derecha American Thinker en los que se analizaba la "ideología LGBT", por ejemplo, "afirmar que la ideología LGBT es apoyar el abuso de niños". El filósofo católico italiano Roberto Marchesini también usó la frase en un artículo de 2015, equiparándola con el concepto anterior de " ideología de género ". En su artículo no define ni "ideología LGBT" ni "ideología de género". En 2017, varios políticos islámicos conservadores en Malasia e Indonesia atacaron la "ideología LGBT".

Durante un sermón el 1 de agosto de 2019, el arzobispo Marek Jędraszewski llamó a la "ideología LGBT" una "plaga del arco iris" y la comparó con la " plaga roja " del comunismo. A continuación, el cardenal checo Dominik Duka también comentó sobre la "ideología LGBT". Sin embargo, debido a que la sociedad checa es laica y la Iglesia católica tiene poca influencia en la política checa, sus comentarios tuvieron poco impacto. En septiembre de 2019, Stanley Bill, profesor de la Universidad de Cambridge que estudia Polonia, declaró: "El alarmismo sobre la 'ideología LGBT' casi se ha convertido en una política oficial en Polonia con insinuaciones a menudo desagradables de miembros del gobierno y los medios públicos que ahora son la norma".

En junio de 2020, el presidente polaco, Andrzej Duda, llamó la atención internacional cuando llamó a LGBT una " ideología " y una forma de " neobolchevismo". El parlamentario del partido del acuerdo, Jacek Żalek, declaró en una entrevista que la comunidad LGBT "no son personas" y "es una ideología", lo que llevó a la periodista Katarzyna Kolenda-Zaleska a pedirle que abandonara el estudio; la disputa causó controversia. Al día siguiente, Duda dijo en un mitin en Silesia: "Están tratando de convencernos de que [LGBT] es gente, pero es sólo una ideología". Prometió "prohibir la propagación de la ideología LGBT en las instituciones públicas", incluidas las escuelas, similar a la ley rusa de propaganda gay. El mismo día, el diputado del PiS, Przemysław Czarnek, dijo en un programa de entrevistas de TVP Info, con respecto a una foto de una persona desnuda en un bar gay: "Defendemos contra la ideología LGBT y dejemos de escuchar esas idioteces sobre los derechos humanos o la igualdad. Estas personas no son iguales a las personas normales e incluso se creen mejores".

En julio de 2020, la Unión Europea anunció que no proporcionará fondos a seis ciudades polacas que se han declarado 'zonas libres de LGBT', después de que casi 100 gobiernos locales, un tercio del territorio de Polonia, se declararan "libres de la ideología LGBT". El 1 de agosto de 2020, aniversario del Levantamiento de Varsovia, el ultranacionalista Robert Winnicki comparó la ideología LGBT con la comunista y la nazi. Dijo: "Cada plaga pasa en algún momento. La plaga alemana pasó, que consumió Polonia durante seis años, la plaga roja pasó, la plaga del arco iris también va a pasar". En agosto de 2020, el ministro de Justicia, Zbigniew Ziobro, anunció un nuevo programa para "contrarrestar los delitos relacionados con la violación de la libertad de conciencia cometidos bajo la influencia de la ideología LGBT". De un fondo gubernamental destinado a ayudar a las víctimas de delitos, se otorgaron 613.698 PLN a una fundación para combatir los presuntos delitos de "ideología LGBT". El proyecto, entre otras cosas, explora una supuesta conexión entre la ideología LGBT y la Escuela de Frankfurt. En la manifestación " Alto a la agresión LGBT " del 16 de agosto de ese año, Krzysztof Bosak dijo que incluso personas irreligiosas se encuentran entre los opositores de la "ideología LGBT" porque es "contraria al sentido común y al pensamiento racional". También dijo que la comunidad LGBT es "una forma malvada e inferior de vida social".

Temas de investigación

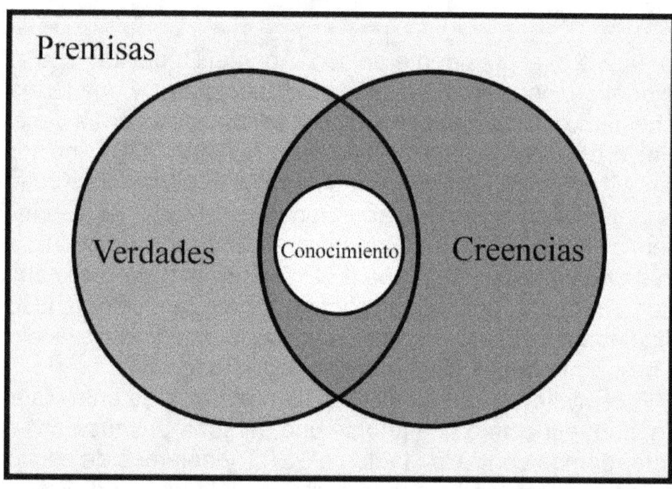

«La ciencia (ἐπιστήμη) es un juicio verdadero acompañado de razón (λόγος).»
Platón. Teeteto, 202, b-c

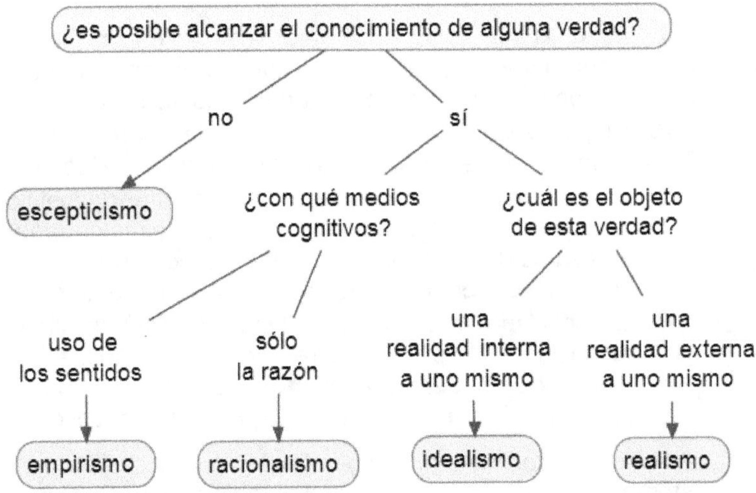

Esquema sintético de las principales tendencias epistemológicas respecto a la búsqueda del conocimiento.

Epistemología feminista

La **epistemología**, es la rama de la filosofía que estudia el conocimiento en general, su naturaleza, posibilidad, alcance y fundamentos.

Algunos autores distinguen a la epistemología, estudio del conocimiento científico, de la gnoseología, estudio del conocimiento en general. Otros, en cambio, consideran que el término «epistemología» ha ido ampliando su significado y lo utilizan como sinónimo de «teoría del conocimiento», sobre todo en el mundo anglosajón.

La epistemología estudia las circunstancias históricas, psicológicas y sociológicas que llevan a la obtención del conocimiento científico y los criterios por los cuales se lo justifica o invalida, así como la definición clara y precisa de los conceptos epistémicos más usuales, tales como verdad, objetividad, realidad o justificación. Algunas de las preguntas que pretende responder la epistemología son ¿Cómo conocemos?, ¿Cuáles son las fuentes del conocimiento?, ¿Cómo diferenciamos lo verdadero de lo falso? y ¿Cuáles son los tipos de conocimiento? El debate no se centra en un conocimiento específico, sino en la forma en como conocemos.

Generalmente, los debates en la epistemología se agrupan en torno a cuatro áreas centrales:

1. El análisis filosófico de la naturaleza del conocimiento y las condiciones requeridas para que una creencia haga parte del conocimiento, como la verdad y la justificación.
2. Recursos potenciales del conocimiento y creencias justificadas como la percepción, la razón, la memoria y el testimonio.
3. La estructura del conocimiento o de la creencia justificada incluyendo si todas las creencias justificadas deberían derivarse de creencias originales justificadas o si la justificación requiere solo un conjunto coherente de creencias.
4. Escepticismo filosófico, el cual cuestiona la posibilidad del conocimiento y problemas relacionados como si el escepticismo fuera una amenaza para nuestro conocimiento común y si es posible refutar argumentos escépticos.

Las teorías del conocimiento específicas son también parte de la epistemología, por ejemplo, la epistemología de las ciencias físicas o de las ciencias psicológicas.

Un aspecto clave de la teoría política feminista es <u>epistemología feminista</u> que cuestiona la objetividad de las ciencias sociales y filosóficas por establecer que los estándares de autoridad y credibilidad son socialmente construidos, reafianzando el statu quo político y social. Por lo tanto, una solución metodológica feminista es incluir diversas voces que reflejan todos los sectores de la sociedad en el proceso de construcción de conocimiento.

Estudios sobre el lesbianismo

La idea de que la **homosexualidad** tiene su origen en los genes se ha ido convirtiendo poco a poco en **ortodoxia científica**. Todavía hay quienes piensan que es una decisión personal o que incluso se puede curar con tratamiento, pero desde los años 90 diversos estudios han demostrado que la **atracción sexual** hacia personas del mismo sexo es más común en parientes de la misma línea materna. El consenso general nos dice que lo biológico, aunque no determina, **predispone** y, gracias a ello, parecía que la comunidad gay había **enterrado el hacha de guerra** con la ciencia; hasta ahora.

Como los gais y lesbianas tienen **menos hijos** que los heterosexuales, se plantea una paradoja. ¿Cómo encaja su supervivencia en la teoría evolutiva? Los científicos no han dado todavía con una solución unánime a este **rompecabezas darwiniano**. En este escenario, un estudio de la Universidad de Nicosia ha lanzado al mundo una nueva hipótesis: algunas mujeres evolucionaron para tener comportamientos lésbicos o bisexuales debido a las preferencias del **apareamiento masculino**.

¿Adaptación evolutiva?

El artículo, publicado en la revista científica '**Personality and Individual Differences**', argumenta que el origen del lesbianismo radica en el deseo intrínseco de los hombres por tener "**una compañera fluida**". Para razonarlo, se basa en que la atracción por el mismo sexo está **enraizada en los genes** (es decir, que es hereditaria).

La **cuestión biológica** evidente que aquí subyace es que, por supuesto, el lesbianismo no desemboca en la concepción de **hijos**. ¿Cómo, por tanto, podrían mantenerse los supuestos genes de las **lesbianas** en nuestro grupo genético? El autor principal del estudio, **Menelaos Apostolou**, asegura que estos solo han permanecido porque los hombres "los eligieron" a través de la **selección sexual**. En otras palabras, las mujeres homosexuales existen porque excitan a los hombres.

Los investigadores declaran que la atracción por tener una pareja lesbiana o bisexual proviene del deseo de asegurar el éxito de las **transmisiones de sus genes** por parte de los varones. Apostolou asegura que incluso está en el **interés biológico de los hombres**. ¿Cómo es esto posible? La explicación tiene su enjundia. Tener una pareja femenina que se acuesta con mujeres te da la certeza de que eres el padre de la descendencia, ya que no tendría relaciones con otros hombres y reduciría así el **riesgo de adulterio**. De poner los cuernos, que sea con otra mujer.

Los investigadores declaran que la atracción por tener una pareja lesbianao bisexual proviene del deseo de asegurar el éxito de las **transmisiones de sus genes** por parte de los varones. Apostolou asegura que incluso está en el **interés biológico de los hombres**. ¿Cómo es esto posible? La explicación tiene su enjundia. Tener una pareja femenina que se acuesta con mujeres te da la certeza de que eres el padre de la descendencia, ya que no tendría relaciones con otros hombres y reduciría así el **riesgo de adulterio**. De poner los cuernos, que sea con otra mujer.

La confusión del sexo fue un recurso dramático muy popular en los siglos XVI y XVII, como esta escena de Noche de reyes de Shakespeare, pintada por Frederick Pickersgill.

Safo de Lesbos, aquí representada en una pintura de 1904 de John William Godward, dio a la palabra «lesbiana» la connotación de deseo erótico entre mujeres.

5 mi abuelo, mi madre y yo

Juan, informó a su madre y abuelo materno la decisión que había tomado, y pedirles su ayuda. Quería tener un debate con los dos miembros más significativos de su familia. Quería conocer lo que opinan tres generaciones, había que hablar libremente y exponer lo que cada uno/a piensa.

Para Juan, su abuelo era más sabio de todos los mayores que había conocido. Había realizado importantes proyectos en la administración pública y en la empresa privada. Tras su jubilación seguía informándose de todos los acontecimientos que le interesaban. De ahí, sus conocimientos de los problemas sociales.

La madre de Juan, funcionaria del estado, aprendió de su padre todo lo que sabía relacionado con la ejemplaridad, ética y responsabilidad. Se declaraba femenina pero no feminista. Defensora del feminismo, pero no de su radicalización. No podía aceptar el cambiarlo todo para alcanzar al poder. Se divorció del padre de Juan cuando este tenía 10 años. Su padre le ayudó en la educación y formación de Juan. .

Juan se reunió --- después de la comida --- con su madre y abuelo para que estos, le ayuden en la construcción de su tesis. Ya estaban informados de los temas a tratar. Fue el abuelo quien se dirigió para decirle:

--- Estoy muy orgulloso de tener un nieto como tú, lamento no poder decir lo mismo de los otros nietos, te has merecido un premio, te voy a regalar un coche nuevo, hasta ahora, estás utilizando el mío que es muy grande y muy viejo, esta tarde iremos a comprarlo. Dijo el abuelo.

--- Abuelo, muchas gracias por todo lo que me has ayudado en todo, desde pequeño, me llevabas y traías de la guardería, me dabas la merienda y me ayudabas hacer los deberes. El mejor regalo que me puedes hacer es ayudarme a construir este trabajo que tengo que hacer. Dijo Juan.

--- Sabes que me tienes a tú disposición, siempre, dime lo que tengo que hacer y cuándo tengo que empezar. Respondió el abuelo.

--- Ya conocéis los temas para abordar en donde le daremos más extensión, ya quiero pediros vuestra opinión. ¿Abuelo, que me dices de los problemas sociales en su conjunto?

--- uuufff te has metido en un lío, pero muy interesante. Sí, pienso que haces muy bien contar lo que sucede, en este conflicto, desde un enfoque de neutralidad, ni quitas ni pones. Yo, sí que tengo que expresar lo que digo porque pienso lo que digo. Dices que, en sintonía con esa corriente, el feminismo radical y el movimiento LGTBI. ¡El conflicto está aquí! Estoy de acuerdo.

Antes de la aparición de la Teoría del Conflicto, este era visto, básicamente, como una patología social, o, en todo caso, el síntoma de una patología social. La sociedad perfecta era vista como una sociedad sin conflictos y todas las utopías sociales sostenían la necesidad de constituir un modelo de sociedad sin conflictos, de pura cooperación. El educador norteamericano John Dewey expresaba que "el conflicto es el tábano del pensamiento" Un **tábano social** es una persona que interfiere con el statu quo de una sociedad o comunidad al plantear preguntas novedosas y potencialmente molestas, generalmente dirigidas a las autoridades. El término se asocia originalmente con el antiguo filósofo griego Sócrates, en su defensa cuando fue juzgado por su vida.

En la política moderna, un tábano es alguien que desafía persistentemente a las personas en posiciones de poder, el statu quo o una posición popular.

El colectivo de lesbianas, gais, transgénero y bisexuales (LGTB) vive una complicada situación a nivel global. La lucha por los derechos civiles se está traduciendo en importantes victorias en los países occidentales con la aprobación de leyes que castigan la discriminación y que equiparan legalmente a las parejas del mismo sexo. Este clima de igualdad se convierte en uno de miedo y hostilidad en gran parte de África y Oriente Medio, donde la homosexualidad es perseguida por los gobiernos y puede suponer la imposición de la pena de muerte. Así terminó el abuelo su larga exposición.

--- ¿Quiero que me des tú opinión de todos los que integran el colectivo LGTBI y, las mujeres en su lucha por la igualdad? Empezaremos por el feminismo y su radicalización. Primero, ¿qué opinas sobre la mujer que lucha por la igualdad?

--- Primero, hay que separar las conquistas. La igualdad la consiguieron desde muchos siglos atrás. No sé si tú has oído o leído que el lema de los Reyes Católicos decía:
<< Tanto monta, monta tanto, Isabel como Fernando>>

Aun así, no era verdad, mandaba más Isabel que Fernando.(...)
Las mujeres de antes, cuidaban y gobernaban el hogar y la familia. Ni sus padres, hermanos, ni maridos permitían trabajos duros fuera del hogar, ni por cuenta ajena. Los hombres asumían su responsabilidad de ser los que tenían que aportar los ingresos para el sostenimiento de la familia.
Las mujeres aceptaban el liderazgo parcial --- no total --- del hombre y cuidaba su liderazgo en la gobernanza del hogar.

--- ¿Qué dice mi madre a la lucha por la igualdad?

--- Tú abuelo, no sabe que, en España, sin ir más lejos, no se ha conseguido la igualdad en la mayoría de las mujeres. Falta mucho por conseguirlo. Solamente una minoría lo ha conseguido.

--- ¿Tiene mi abuelo algo que decir a lo que dice su hija?

--- Sí, primero: los hombres y las mujeres no somos iguales, por lo tanto, nunca podemos ser iguales. El acceso al poder es otro tema. En España, hay: tres vicepresidencias, las tres son mujeres, más ministras que ministros, más médicas que médicos, más profesoras que profesores etc. Sin embargo, hay menos mujeres en el ejercito que hombres, menos policías y bomberas que bomberos.

La mujer, copia todos los gustos de los hombres, empezó con el pantalón, ahora practica el fútbol, boxeo, etc. Etc. ¿Qué les falta a las mujeres? ¡Cambiarlo todo!, ¡A dónde van las mujeres!

--- ¿Abuelo, por qué viene ese cambio tan radical?

--- ¡El poder! La evolución trae cambios imparables, ni las mujeres ni los hombres aceptan ahora lo que aceptaban antes. Tú abuela, me aceptaba a mi cuando iba a visitarla en bicicleta. Tú hermana rechazó a un pretendiente porque venía en moto. ¿Ves la diferencia? El acceso a la calidad de vida es el principal generador de conflictos. ¡Todos queremos más! Yo, tras cuatro años de noviazgo fui virgen al matrimonio y, tenía veinte y cuatro años. Tú hermana con diez y ocho años ha tenido cuatro maridos sin haberse casado. ¿Ves la diferencia?

--- ¿Qué dice mi madre del cambio tan radical?

--- El cambio se está produciendo muy lentamente. Muchas mujeres siguen estando igual que siempre, es justo y necesario que tengan las mismas oportunidades que los hombres. Tú abuelo no quiere admitir la igualdad, porque en el fondo es un machista.

--- ¡Abuelo! ¿Tú eres un machista?

--- Tú madre, como todas las mujeres han querido mandar y dominar al hombre, han empleado todas las estrategias para conseguirlo, muchas lo han conseguido, otras aún no, por no haber sido más enérgico en su formación tú madre gozó de excesiva libertad para todo y, así educó a tú hermana. ¡Todas las mujeres son feministas! Lo único que cambia es la intensidad en el radicalismo.

--- Abuelo. El feminismo radical es evidente que existe el manifiesto del 8M lo confirma ¿Quién es el culpable de ese cambio?

--- ¡La sociedad! Tú te has licenciado en Sociología y has planteado muy bien la teoría de los conflictos, es conocido por los escritos de Platón que Sócrates fue juzgado y condenado a muerte por no reconocer a los dioses atenienses y corromper a la juventud. No sé si el movimiento LGTBI se ha inspirado en Sócrates.

El feminismo radical no es tan numeroso, pero si es muy ruidoso. ¿Quién ha redactado el manifiesto del 8M? ¿Cuántas asambleas constituyentes se han controlado el número de las/os asistentes?

Pirámide de población de España, año 2007

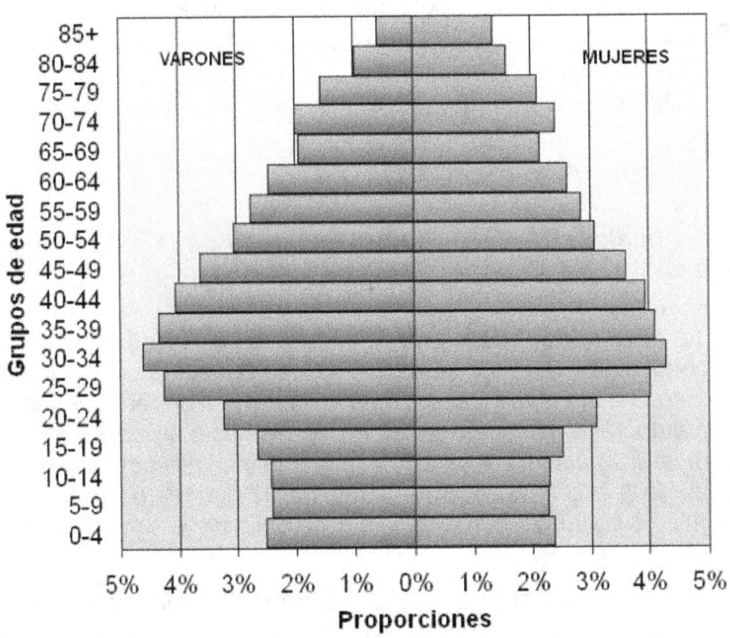

Fuente: Instituto Nacional de Estadística. Censo a 1 de enero de 2007

--- Abuelo según tu teoría empírica ¡son muy pocas, pero forman mucho ruido! ¿Esto es así?

--- Sí, no hay estadística fiable que demuestre lo contrario.

--- Abuelo. ¡No todas las mujeres son iguales!

--- ¡De acuerdo! Si vemos la pirámide de la población española, observaremos que los grupos de edad más numerosa son los de 20 a 45 años de edad. Sin entrar en muchos detalles, si a estos grupos le asignamos un 50% del total de las mujeres y, sabiendo, que estas son el 50% de la población total (47 millones) Serían 12 millones de mujeres aproximadamente. ¿Cuántas feministas radicales hay en España? Si la cifra llegara al 10%, serían 1,2 millones de feministas. Tú sabes más que yo de esto, si segmentamos esa población, con rigor científico nos podríamos encontrar sorpresas.

Para el día de la mujer, en Madrid se concentran muchas mujeres procedentes de las dos castillas, Extremadura y Andalucía. Aun así, la cifra es muy inferior a la concentración del Rocío o un día en la feria de Sevilla.

--- ¿Qué opinas de esto, mamá?

--- Tú abuelo dice la verdad

--- ¿Abuelo, ¿Cuál es – para ti - el perfil de la mujer feminista no radical?

--- La **ética** o **filosofía moral** es la rama de la filosofía que estudia la conducta humana, lo correcto y lo incorrecto, lo bueno y lo malo, la moral, el buen vivir, la virtud, la felicidad y el deber. La ética contemporánea se suele dividir en tres ramas o niveles: la metaética estudia el origen, naturaleza y significado de los conceptos éticos, la ética normativa busca normas o estándares para regular la conducta humana, y la ética aplicada examina controversias éticas específicas.

Ética y moral son conceptos muy relacionados que a veces se usan como sinónimos, pero tradicionalmente se diferencian en que la ética es la disciplina académica que estudia la moral. La ética no inventa los problemas morales, sino que reflexiona sobre ellos. Las acciones relevantes para la ética son las acciones morales, que son aquellas realizadas de manera libre, ya sean privadas, interpersonales o políticas. La ética no se limita a observar y describir esas acciones, sino que busca determinar si son buenas o malas, emitir juicio sobre ellas y así ayudar a encauzar la conducta humana.

El estudio de la ética se remonta a los orígenes mismos de la filosofía en la Antigua Grecia, y su desarrollo histórico ha sido amplio y variado. A lo largo de la historia ha habido diversas maneras de entender la ética y distintas propuestas morales orientadoras de la vida humana.

Aunque la ética siempre fue una rama de la filosofía, su amplio alcance la conecta con muchas otras disciplinas, incluyendo la antropología, biología, economía, historia, política, sociología

y teología. Sabes muy bien, que todo esto es muy difícil que una mujer de hoy pueda y, sobre todo, quiera cumplir las leyes de la ética. El mercado del consumo la conducen al consumismo. Eso es tema de otro debate. ¡Esa sería la mujer ideal para ti!

--- ¿Qué dice mi madre?

--- Tú abuelo siempre lleva la razón, lo sabe todo de todo. Ahora le ha dado por la filosofía, no sabemos si le dará por la política. Casi todos los hombres de su edad se van a jugar al dominó o a la petanca. Mi padre quiere aprender --- ahora --- lo que no pudo hacer en su momento, está todo el día enfrente de su ordenador. Si le da por la política puede organizar un lío gordo.

--- ¿Abuelo, crees que aún hay mujeres así?

--- Si, muy pocas, pero las hay. Lo difícil es encontrarlas, además, cuánto más y mejor cumplan las reglas de la ética, será más inteligente, humilde y normal. ¡Ahí está la mujer perfecta!

--- ¿Dónde encontrarla, abuelo?

--- ¡Encontrarla no la encontrarás, si vas en busca de ella puedes encontrarla! Estas mujeres dejaron de soñar con su príncipe con los ojos azules y el pelo rubio, montado en un caballo blanco. Los caballos son muy pocos los que hay, y la mayoría están en Sevilla. Ahora, las mujeres buscadoras de fortuna esperan al hombre con un Mercedes negro o un Ferrari rojo. Este tipo de mujeres no exigen tanto, buscan a un hombre que piense y actúe como lo hacen ellas. ¡Ni más, ni menos!

--- ¡Abuelo! ¿Por qué hay tan pocas buenas y tantas malas?

--- La democracia, la libertad y la igualdad, provoca una falta de equilibrio en los derechos y las obligaciones que los legisladores no han contemplado. Las diferentes clases sociales crean un conflicto con enfrentamiento, porque los que menos tienen quieren tener más. Los constituyentes, se pasaron en la generosidad, otorgando derechos, y quedaron cortos en las obligaciones. si todos tenemos derecho a una vivienda debieron decir que pagaría el Estado si tuviese recursos económicos para ello. De lo contrario, cada uno tiene que pagar la suya. Esto sucede en todos los escenarios de la vida. En la formación profesional pasa igual, el albañil quiere que su hijo sea arquitecto, el mecánico, quiere que su hijo sea ingeniero, y los abogados quieren que su hijo sea por lo menos ministro.

El resultado es que no hacen falta tantos arquitectos/as, ni ingenieros/as y menos aún ministros/as. Sin embargo, faltan camareros/as, albañiles/as, camioneros/as y obreros/as del campo. No se pueden cumplir las expectativas de padres y de hijos por no haber aceptado la triste realidad, elegir una profesión no debe ser por una decisión sin fundamento.

El fracaso de no encontrar lo que se quería genera un conflicto que llega al Estado. Cualquiera que sea, bien de derechas o de izquierdas, los unos y los otros culparán al Gobierno del fracaso y de la falta de oportunidades para encontrar el trabajo que padres e hijos deseaban. Estos, jamás reconocerán su incapacidad para obtener lo que querían. Y, es por eso, que la chica que iba para abogada quedara de camarera en una discoteca.

Tú padre, es el principal culpable de que tú sea un gran hombre, con futuro, llegarás lejos, También es culpable, junto a tu madre, del fracaso de tu hermana. (…) ¿Por qué el fracaso? ¡Por exceso de libertad!

--- ¿Abuelo, estas convencido de que la libertad debe de ser controlada? ¿Quién tiene que contrlarla?

--- ¡El legislador! Es el único legitimado para imponer las leyes. Pero, es el pueblo a través de sus representantes los que legislan. ¡Esta es la cuestión! Si el poder está en el pueblo, se pueden aprobar leyes que permitan el matrimonio entre dos hombres, dos mujeres, y que las mujeres sean hombres y estos sean mujeres.

¡Quién controla la libertad! Hay que cambiar la edad de los que votan. No pueden votar chicos/as de 18 años, desorientados/as y sin saber a dónde quieren ir. .

--- Mamá me he olvidado de ti en este último tema. He observado que no querías intervenir.

--- Vi a tú abuelo lanzado como un cohete y, sabiendo que él domina ese tema no he querido intervenir. .

--- Sobre la mujer ya tengo lo que necesito para mi trabajo. Abuelo, estoy viendo que estás en contra del colectivo LGTB ¿Me equivoco?

--- Si, estoy en contra ese gran misterio dentro de un gran enigma.

--- ¿Y mi madre que dice?

--- ¡Yo también estoy en contra! Las mujeres no debemos entrar en todos los conflictos, bastante tenemos con el nuestro.

--- ¿Abuelo, por qué las feministas se integran en el colectivo LGTBI?

--- La intención del feminismo radical es la de pescar votos en el caladero del LGTBI. El feminismo está luchando por el poder y el mundo gay, están en conflicto, Muchos lo saben, pero no todos lo quieren reconocer públicamente. No se trata solo de los vientres de alquiler, prostitución, y leyes trans, aunque estos asuntos han creado el conflicto, además, el feminismo abraza la ecología y rechaza el capitalismo en su versión más dura.

En los últimos años, muchas feministas rechazaban a las que reivindicaban los vientres de alquiler y la prostitución en el Orgullo Gay. Unas prácticas, de la mercantilización del cuerpo de la mujer, que al feminismo rechaza hasta conseguir la abolición ¿Qué tenemos que hacer las feministas con ese mercado? Las feministas son anticapitalista, muy críticas con el neoliberalismo como fuente de desigualdad y de explotación y de las demandas patriarcales: vientres, prostitución, pornografía, la industria del sexo en general. El feminismo lo quiere abarcar todo, incluidos los gais y trans. Van por caminos paralelos, pero no distintos. Ahora es la ecología otra de las grandes luchas del feminismo y ya hay quien avisa de que se está pidiendo paso a su entrada en la política.

Gay en Madrid el 7 de julio de 2018.**GETTY IMAGES**

--- ¿Abuelo, ¿Cómo ves el feminismo y la política?

--- ¡El feminismo lo quiere cambiar todo! Esa es la conclusión, otra cosa es como lo va a ejecutar. Lo intenta enmascarar. La teoría política feminista es un subcampo de la teoría feminista que trabaja para alcanzar tres objetivos principales:

1. Entender y criticar el papel del género en la teoría política y como se interpreta,
2. Reformular la teoría política a través de la normativa de género (especialmente igualdad de género),
3. Apoyar la ciencia política en pro de la igualdad de género.

La teoría política feminista abarca un amplio abanico de enfoques. Se superpone con áreas relacionadas, incluyendo la jurisprudencia feminista/ la teoría feminista legal; filosofía política feminista; la investigación empírica en ciencias políticas; y métodos feministas de investigación para su uso en la ciencia política. Los especialistas señalan que, al igual que en la mayoría de teorías feministas, esta "demuestra la forma en que la política, entendida como las relaciones de poder, está presente en nuestra vida cotidiana," por lo que uno podríamos "describir la teoría feminista en su conjunto como una especie de filosofía política". Lo que con frecuencia distingue a la teoría política feminista del feminismo en términos generales, es el examen específico del estado y su papel en la reproducción o la corrección de la desigualdad de género. Además de ser amplio y multidisciplinario, el campo es relativamente nuevo y se encuentra todavía en expansión; la *Stanford Encyclopedia of Philosophy* explica que "la filosofía política feminista sirve como un campo para el desarrollo de nuevos ideales, prácticas y justificaciones de cómo las instituciones y prácticas políticas deben organizarse y ser reconstruidas".

La teoría política feminista como término se consolidó a través de los movimientos de mujeres de liberación de los años 60s y 70s. Anteriormente, muy pocas obras de teoría política consideran explícitamente situación política de las mujeres. La petición de sufragio por parte de John Stuart Mill fue una excepción. A principio del siglo XX, Simone de Beauvoir en su obra *El segundo sexo* expuso la dinámica de poder que rodean la condición de mujer y sentó las bases de las teorías feministas posteriores exponiendo la sujeción social de las mujeres. En los años 1980 y 1990 , la teoría feminista se expandió en el ámbito legal gracias a Catharine MacKinnon y Andrea Dworkin y su trabajo en contra de la pornografía.

El feminismo liberal marca una aproximación importante a la política feminista qué era especialmente dominante durante la primera mitad del siglo XX. Aun así, algunos de los ejemplos más conocidos de la literatura feminista liberal se publicaron mucho antes, como la obra de John Stuart Mill *The Subjection of Women* (1869) o la obra de Mary Wollstonecraft *Vindicación de los Derechos de Mujer* (1792). Una cuestión imperante del feminismo liberal es el énfasis a la necesidad de alcanzar la igualdad de oportunidades a través de la justicia y los derechos políticos. Además, según la *Enciclopedia Internacional de Ética*, "*El feminismo liberal tanto el pasado como la presente conserva cierto compromiso con la distinción entre los ámbitos público y privado - una distinción [que es el] objeto de mucha crítica dentro la teoría política feminista.*"

Mientras que el feminismo marxista y el feminismo socialista consideraron el clasismo como la fuente primaria de la opresión de las mujeres, el feminismo radical desechó cualesquier teoría política anterior para desarrollar nuevas teorías arraigadas principalmente en las experiencias directas de mujeres.

En España no es así, todos los partidos políticos quieren participar en los votos que llegan de las mujeres, con más o menos éxito.

--- Empezaremos con la L de lesbianas. Abuelo. ¿Qué opinión tienes de ese colectivo?

--- ¿Mí opinión? ¡Yo no soy experto en descubrir misterios encerrados en grandes enigmas! Sí no es una enfermedad ¿Qué es? ¿Es bueno? ¿Dónde está la ética? Lo que sea, se debe de vivir con discreción y dignidad. Sin embargo, tú tienes que decir lo que dice la ciencia:

Lesbianismo es el término empleado en español para hacer referencia a la homosexualidad femenina, es decir, las mujeres que experimentan amor romántico o atracción sexual por otras mujeres. La palabra **lesbiana** procede de la isla de Lesbos, en Grecia. Se utiliza para hacer referencia a una mujer homosexual que siente atracción sexual, física, emocional y sentimental únicamente hacia las mujeres.

A finales del siglo XIX los sexólogos publicaron sus observaciones sobre el deseo y la conducta hacia personas del mismo sexo y distinguieron a las lesbianas en la cultura occidental como una entidad distintiva. Desde entonces los historiadores han reexaminado las relaciones entre las mujeres y cuestionan qué es lo que hace que una mujer o una relación puedan calificarse de lesbianas. El resultado de este debate ha introducido tres componentes a la hora de identificar a las lesbianas: conducta sexual, deseo sexual e identidad sexual.

La sexualidad de las mujeres a lo largo de la historia ha sido en su mayor parte construida por los roles de género, los cuales han limitado el reconocimiento del lesbianismo como posibilidad o expresión válida de sexualidad. Los primeros sexólogos basaron sus caracterizaciones de las lesbianas en sus creencias de que las mujeres que desafiaban sus estrictamente definidos roles de género estaban mentalmente enfermas. Desde entonces, muchas lesbianas han reaccionado a su designación como marginadas inmorales mediante la construcción de una subcultura basada en la rebelión contra los roles de género. El lesbianismo ha estado en ocasiones de moda a lo largo de la historia, lo que afecta a cómo las lesbianas son percibidas por los demás, y cómo se perciben a sí mismas. Algunas mujeres que realizan conductas homosexuales pueden rechazar la identidad lésbica por completo, y rehusar definirse a sí mismas como lesbianas o bisexuales.

Las diferentes maneras en las que las lesbianas han sido representadas en los medios de comunicación sugiere que la sociedad occidental en su conjunto se ha sentido simultáneamente intrigada y amenazada por las mujeres que desafían los roles de género femeninos, y fascinada y asombrada por las relaciones románticas entre mujeres. Sin embargo, las mujeres que adoptan la identidad lésbica comparten experiencias que conforman un panorama similar al de la identidad étnica: como homosexuales, están unidas por la discriminación y el rechazo potenciales que sufren por parte de sus familias, amistades y otros. Como mujeres, tienen preocupaciones distintas a las de los varones. Las condiciones políticas y las actitudes sociales también continúan afectando la formación de relaciones y familias lésbicas. **Fuente: WIKIPEDIA**

La confusión del sexo fue un recurso dramático muy popular en los siglos XVI y XVII, como esta escena de Noche de reyes de Shakespeare, pintada por Frederick Pickersgill.

--- Abuelo, de los gays --- homosexuales --- ¿Qué me dices?

¡uuufff! ¿Qué puedo decir yo? ¿Si la ciencia no está de acuerdo con la causa que produce ese efecto? Te diré lo que dice la historia de este asunto por no llamarle problema. Para mí, es un desorden del embarazo por causas que desconozco.

- **Problemas en el sistema nervioso o cerebro.** Estos incluyen discapacidades intelectuales y del desarrollo, trastornos conductuales, dificultades del habla o lenguaje, convulsiones y problemas de movimiento. Algunos ejemplos de defectos de nacimiento que afectan el sistema nervioso son el síndrome de Down, el síndrome de Prader-Willi y el síndrome del X Frágil.
- **Problemas sensoriales.** Entre los ejemplos se incluyen pérdida de audición y problemas visuales, tales como ceguera o sordera.
- **Trastornos metabólicos.** Incluyen problemas con determinadas reacciones químicas en el cuerpo, tales como afecciones que limitan la capacidad del cuerpo para deshacerse por sí solo de los desechos o productos químicos dañinos. Dos trastornos metabólicos comunes son fenilcetonuria e hipotiroidismo.
- **Trastornos degenerativos.** Son afecciones que podrían no ser obvias en el nacimiento, pero provocar que uno o más aspectos de la salud empeoren de forma constante. Algunos ejemplos de trastornos degenerativos son distrofia muscular y adrenoleucodistrofia ligada al cromosoma X, que genera problemas del sistema nervioso y las glándulas suprarrenales y fue el tema de la película "El aceite de la vida".

Esto es lo que dice la ciencia médica. Y esto otro es lo que dice la historia.

Es difícil estimar de manera fiable el porcentaje de la población homosexual o la proporción de personas que tienen experiencias homosexuales por distintas razones, fundamentalmente debido a que muchos homosexuales no se identifican abiertamente como tales, debido a la homofobia. No hay consenso en la comunidad científica en torno a las causas concretas por las que un individuo desarrolla una orientación sexual heterosexual, bisexual, homosexual o dirigida a terceros sexos o géneros. La ciencia tiende a favorecer modelos biológicos, pero el consenso científico es que no hay un único factor que explique el desarrollo de la orientación sexual. La orientación sexual se determina por una compleja interacción de factores biológicos y ambientales y queda determinada a una edad muy temprana, muy anterior a la pubertad. Algunos estudios han mostrado que, en el caso de la homosexualidad masculina, los factores biológicos predominan sobre los ambientales y sociales, pero también han mostrado que esa causalidad es menor en la homosexualidad femenina.

No hay evidencia científica de que las experiencias en la infancia del individuo o la crianza de los hijos por los padres influyan en la orientación sexual del individuo. El consenso científico es que la orientación sexual no es algo que una persona pueda elegir voluntariamente, y no hay pruebas de que sea posible cambiar la orientación sexual que cada persona tiene. Las relaciones afectivo-sexuales homosexuales son psicológicamente equivalentes a las heterosexuales, incluida su capacidad de criar hijos en familias homoparentales.

El comportamiento homosexual ha sido observado en cientos de especies animales, especialmente en mamíferos y aves. La homosexualidad es una manifestación normal y natural de la sexualidad humana y no es en sí misma una fuente de efectos psicológicos negativos. Aunque el término «homosexualidad» no aparece hasta el siglo XIX, las distintas culturas humanas han identificado comportamientos homosexuales al menos desde el I milenio a. C., y desde entonces han existido múltiples actitudes hacia la homosexualidad: ha sido tanto admirada como condenada como vista con indiferencia. La cultura occidental y cristiana gestada por Europa y extendida a todo el mundo mediante el proceso de occidentalización, se caracterizó por un fuerte rechazo de la homosexualidad (homofobia), tanto desde el punto de vista penal, como médico-psiquiátrico y religioso; desde mediados del siglo XX una creciente movilización y organización LGBT ha ido conquistando derechos y una progresiva aceptación social de la homosexualidad y la bisexualidad, a partir de su despenalización y despatologización.

La conclusión del mundo gay --- lesbianas y homosexuales --- es de que: ellos y ellas son normales y, además, los anormales son los que piensan como yo.

--- Abuelo, mi madre no quiere participar en estos temas ¿Estás preparado para los/as transgénero?

--- ¡Esto va creciendo! ¿Hasta dónde van a llegar los trastornados? A estos machos/hembras se les llamaba eunucos muchos siglos atrás. Un **eunuco** es un varón castrado. La privación de los genitales externos masculinos (emasculación o evisceración) puede efectuarse de manera parcial o total. La manera parcial es la castración propiamente dicha, es decir la extirpación (por corte) o la inutilización (por golpes) de los testículos. Otra manera parcial es la extirpación por corte del pene. La manera total es cuando se mutila radicalmente, cortando pene y testículos.

Una recién llegada de <u>Giulio Rosati</u>, escena en que los eunucos inspeccionan una nueva mujer en el harén

Por relación directa, la palabra eunuco puede ser referida a hombres poco viriles o afeminados, y era una forma común de denominar a los homosexuales y transexuales durante el Imperio romano.

Según investigaciones y estudios realizados por europeos en los siglos XIX y XX, el barbero primero envolvía desde su base al pene y los testículos conjuntamente en una venda común que ajustaba fuertemente, lo que producía dolor y proporcionaba la forma de una especie de embutido. A continuación, iba retorciendo hacia un lado el paquete así formado, tomaba un cuchillo curvo y lo alzaba a distancia, calculando para un corte fuerte y veloz. Llegados a este punto el barbero preguntaba una vez más si estaban seguros de una decisión que sería irreversible, si el futuro eunuco era mayor de edad, él debía responder por sí mismo, y si era menor entonces la respuesta correspondía a la familia, allí presente. Si la respuesta final era afirmativa, entonces con un solo movimiento cercenaba los genitales. Luego, junto con el inmenso dolor, se producía una abundante hemorragia. El barbero aplicaba baños de sales y aceites para detenerla y luego aplicaba una pequeña cuña de metal, generalmente estaño, en el orificio uretral. Entonces acontecía lo más difícil, el nuevo eunuco debía estar andando despacio sin mayor descanso, y no consumir nada de líquidos por unos días. Al cabo del tiempo, se le retiraba el tabique de metal antes colocado en el orificio uretral, si conseguía orinar, entonces la operación había sido un éxito y

ya podía empezar a gestionar un empleo para servir en la Corte
del Emperador. En caso contrario, una atroz agonía esperaba al nuevo
eunuco antes de su lenta muerte.

Ahora, hay una gran diversidad. El término **transgénero** se refiere a las
personas que tienen una identidad o expresión de género que difiere del
sexo que se les asignó al nacer. Algunas personas transgéneras que
desean asistencia médica para la transición de un sexo a otro se
identifican como transexuales. Transgénero, a menudo abreviado como
trans, es también un término general o paraguas; además de incluir a
las personas cuya identidad de género es la opuesta a su sexoasignado
(hombres y mujeres trans), también puede incluir a las personas no
binarias o genderqueer. Otras definiciones de transgénero también
incluyen a las personas que pertenecen a un tercer género, o bien
conceptualizan a las personas transgénero como un tercer género. El
término transgénero puede definirse de forma muy amplia para incluira
los transformistas.

Ser transgénero es distinto de la orientación sexual. Las personas
transgéneras pueden identificarse como heterosexuales,
homosexuales, bisexuales o asexuales, o pueden negarse a etiquetar
su orientación sexual. El término transgénero también se distingue
de intersexual, un término que describe a las personas que nacen con
características sexuales físicas "que no se ajustan a las nociones
binarias típicas de los cuerpos masculinos o femeninos". Lo contrario
de transgénero es cisgénero, que describe a las personas cuya
identidad de género coincide con su sexo asignado.

Muchas personas transgéneras sufren discriminación en el lugar de
trabajo y en el acceso al espacio público y a la asistencia sanitaria. En
muchos países no están protegidos legalmente contra la
discriminación.

Todo esto es demasiado para que entre en una ley, además, hay que
añadir: la ¡intersexualidad!

La intersexualidad se define como la presencia de combinaciones
atípicas de características físicas que distinguen a un masculino o un
femenino, características definidas por efectos congénitos que
involucran distintas anomalías en la construcción cromosómica y el
desarrollo en las características sexuales de un individuo. La
intersexualidad suele ser definida por procesos cromosomáticos que
involucran la diversificación de los cromosomas XX y XY, patrones que
definen el sexo biológico y las características sexuales de un individuo.
El hermafroditismo y el pseudohermafroditismo son variantes médicas

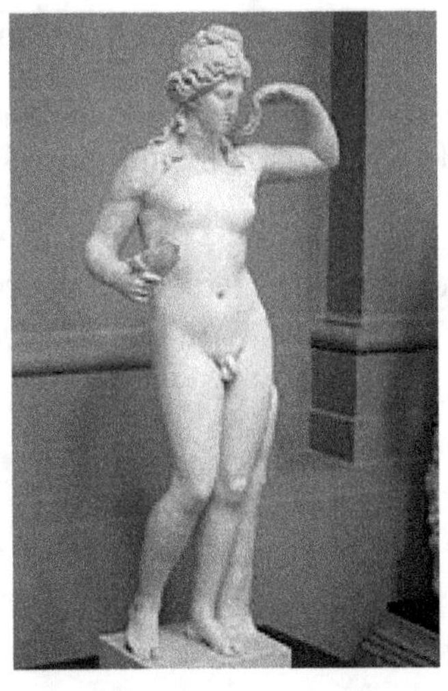

de los trastornos de diferenciación sexual, en las que el individuo presenta características sexuales concordantes a ambos géneros binarios o discordantes respecto a su sexo aparente, respectivamente. Dentro de la definición general de intersexualidad se ubica a aquellos individuos que sin necesidad de ningún tipo de intervención quirúrgica han desarrollado anomalías genitales que lo proveen de dos variantes en características sexuales de gónadas que clasificarían dentro de femenino o masculino: variantes de la presencia de una hendidura vaginal, la presencia de ambos órganos eréctiles (pene y clítoris) o la presencia simultánea de ovarios y testículos, en donde uno de ambos presenta un menor desarrollo.

La presencia conminativa o especificativa de dichas anomalías genitales no permite la correcta clasificación de un individuo intersexual dentro de lo que la sociedad consideraría un masculino o un femenino. Tal motivo originaba la mutilación genital de un individuo joven para que fuese clasificado como masculino o femenino. Para evitar discriminación, se debe aludir a una persona intersexual con el género con el que se identifica, sin importar las características sexuales que lo determinen. El término *hermafrodita* se utiliza en la biología para referirse a organismos de reproducción sexual que poseen ambos órganos sexuales, originado a partir de raíces mitológicas que estigmatizan el concepto de la intersexualidad, por lo que el término dentro y fuera del área médica es rechazado, y también se rechaza la subcategoría del pseudohermafroditismo.

¡Aún quedan más! Pero, por principios me resisto a reconocerlo. ¡Hasta ahí podía llegar!

¿Trastornados o salud mental? ¡ Que hable la ciencia!

La identidad transgénero o transexual no es un trastorno u enfermedad mental en sí misma de acuerdo con el *Diagnostic and Statistical Manual of Mental Disorders* (DSM), publicado por la Asociación Estadounidense de Psiquiatría (APA). Sin embargo, cuando un individuo siente un extremo e intenso malestar o depresión por sus desesperados deseos de ser alguien del sexo o género opuesto, y todo ello afecta negativa y significativamente sus actividades cotidianas, cae en un trastorno mental llamado disforia de género. No todas las personas transgénero o transexuales experimentan dicha situación, por tanto la disforia de género no puede confundirse con el simple hecho de que una persona sea transexual o transgénero, según la Asociación Estadounidense de Psicología. De hecho, según el DSM-5, autor del trastorno de disforia de género, el tratamiento de dicho trastorno no es disuadir al individuo de su identidad trans, sino ayudarlo a adecuarlo a ella. *Fuente: WIKIPEDIA*

Ley 8/2020, de 11 de noviembre, de Garantía de Derechos de las Personas Lesbianas, Gais, Trans, Transgénero, Bisexuales e Intersexuales y No Discriminación por Razón de Orientación Sexual e Identidad de Género.

Capitel del interior de la basílica de Vézelay que muestra el momento del juicio en que el monje Eugenio enseña sus pechos para demostrar que en realidad es una mujer y que por lo tanto la acusación de violación es falsa. A su izquierda el juez y a su derecha la mujer que le acusaba. Fue canonizado por la Iglesia como Santa Eugenia. Según Clovis Maillet, se trataría de un caso de transgénero medieval. La Leyenda Dorada la califica como una "mujer viril".

<<Nadie nace en un cuerpo equivocado>>

El profesor de Psicología de la Universidad de Oviedo, Marino Pérez, junto con su obra «Nadie nace en un cuerpo equivocado»
La Voz de Asturias, 03 abr 2022 .
Con el objetivo de echar por tierra la **teoría *queer***, dado que a su juicio esta ideología lleva al adoctrinamiento, los profesores de Psicología de la Universidad de Oviedo, **Marino Pérez y José Errasti** han publicado el libro **«Nadie nace en un cuerpo equivocado»**. Un ensayo en el que diagnostican «el éxito y la miseria de la identidad de género». Aunque no están en contra de las personas trans, defienden que no se debe promover la transición en niños y adolescente dado que «no soluciona ningún problema, sino que encima genera otros que son irreversibles».

-¿Cómo surge la idea de escribir «Nadie nace en un cuerpo equivocado»?

—Surge porque la idea de nacer en un cuerpo equivocado es una idea equivocada, que no se puede sostener en términos científicos, de la realidad de la vida. Nadie nace en un cuerpo equivocado, cada uno nace en el cuerpo que nace, de varón o de mujer. Desde luego a lo largo de su vida puede tener sus desavenencias con su propio cuerpo, momentos en los que no esté conforme con su cuerpo o con aspectos del mismo que se trata de mejorar o de arreglar, pero nada es para decir que nacemos en cuerpo equivocado. Sin embargo, eso se escucha muy a menudo cuando se habla del problema de la **disforia de género** que sale en los medios, sobre todo en los televisivos, si se presenta a alguna persona trans, que, por ejemplo, se siente chico en un cuerpo de chica, pues se suele decir que nació en un cuerpo equivocado porque es una frase muy socorrida, aparentemente clara pero muy confusa y engañosa. No se puede sostener esa afirmación porque no es verdad, es engañosa e impide ver la naturaleza del problema. Donde puede uno estar atrapado o confuso no es en el cuerpo sino en los discursos, en las narrativas, en cómo nuestra sociedad explica a los niños la disconformidad con el propio cuerpo. Entonces, nadie está atrapado en un cuerpo equivocado, está atrapado en discursos equivocados a cerca de nuestra disconformidad con el cuerpo o con la identidad sexual. Son problemas reales pero que habría que entender en el contexto de nuestra sociedad.

-¿A tenor del título del libro, es «Nadie nace en un cuerpo equivocado» un libro antitrans?

–No, por dios, no es un libro antitrans para nada. En todo el libro nadie encuentra una palabra, frase o párrafo que no sea respetuoso, que no deje de ser empático, comprensivo con las personas trans. De hecho, es más respetuoso con las personas trans que muchas teorías que aparentemente los apoyan o ayudan. Nuestro libro es muy crítico con algunos aspectos de **la teoría o ideología *queer*,** que es la que aparentemente o en realidad se muestra como muy defensora, apoyadora, de las personas trans. Sin embargo, cuando las personas trans han llevado a cabo procesos de transición, de cambio de sexo, que, por ejemplo, han recibido medicación para bloquear la pubertad u hominización cruzada para cambiar las hormonas femeninas y aplicar unas más masculinizantes, han hecho intervenciones quirúrgicas, o pasan por alguna otra fase de la transición son muy apoyadas por el movimiento *queer*, pero luego cuando muchas personas ven que esa transición no ha resuelto sus problemas, sino que tienen los problemas que tenían y alguno más porque los fármacos son irreversibles, y no pueden situarse en la situación anterior, se arrepienten, se quedan en la atascada, sin ese apoyo entusiasta. Sin embargo, nosotros tratamos de decir que es muy importante la atención psicológica cuando un niño o adolescente tiene disforia de género. Antes de que emprenda esa transición, con daños irreversibles, hay que estudiar muy bien de dónde viene esa disforia y promover la transición si es adecuada para ese caso. No hay que hacerlo de una forma apurada, sino dando tiempo al tiempo. Hay que apoyarla en la transición o averiguar qué otros problemas están mezclados y pueden resolverse por sí mismo. Esto sería ser más respetuoso que aplicarle una única solución que no a todos les sirve. Al fin y al cabo, somos críticos del movimiento queer pero respetuosos con las personas trans.

-Las personas trans comentan que la identidad sexual es algo que no se siente, sino que se sabe, ¿las personas no tienen derecho a ser uno mismo?

–Lo que tienen derecho es a que les ayuden a entender una problemática muy compleja como es esa. La expresión de nacer en un cuerpo equivocado no es algo innato que lo pueda decir un niño o un adolescente que tenga un conocimiento al respecto. Esa expresión viene de la cultura de la sociedad, de que existe en nuestra sociedad ese tipo de explicación que sirve a una persona en concreto para dar cuenta de su experiencia, pero las experiencias que tenemos de nosotros mismos están influidas por la sociedad, la cultura, el lenguaje que usamos y expresiones que aprendemos. No negamos que esa experiencia sea real, pero la realidad es compleja como para asumirla como si uno tuviese un conocimiento innato de sí mismo. Respeto esa expresión, pero no la comparto porque está formulada en un lenguaje que la persona aprendió de la sociedad y no revela una especie de esencia interior, de autoconocimiento, del contacto que originalmente tiene uno consigo mismo, sino que viene del entorno, de la sociedad. Muchas personas que tienen esa experiencia, de sentirse por ejemplo mujer en un cuerpo de hombre, muchas no todas, un buen porcentaje de ellas, con el paso del tiempo pues pueden reconciliarse con su propio cuerpo, asumir que a lo mejor el problema no era que nacieron en un cuerpo equivocado, sino que no asumieron la homosexualidad, que fueran lesbianas porque eso no estaba muy bien asumido según las primeras experiencias o por la sociedad en la que está. Con el paso de tiempo se ve también que personas con disforia de género tenía otros problemas de otro tipo, por ejemplo, del espectro autismo, psicológicos como experiencias traumáticas… Por eso, por el mero hecho de que alguien tenga esa duda que es real, no se debe hacer fija. No se trata de dar una solución sino ayudar a la propia persona a comprenderse a sí mismo y de las cosas que están implicadas en eso.

Hoy en día se sabe, los psicólogos y psiquiatras lo sabemos, que la disforia de género puede actuar como un paraguas que cubre otros problemas que no son exactamente esos. Estos problemas como son los que más apoyos reciben llevan a niños y a adolescentes a entender que lo que les pasa a lo mejor es eso. Si les pasase eso, como está a la orden del día, viene asociado a que la transición va resolver todos sus problemas, pero no es así. Está presentando como una panacea, no es una solución a todos los problemas. En ocasiones, incluso, se crean otros que da lugar al fenómeno de los arrepentidos o de los destransicionista. El movimiento *queer*, por tanto, minimiza, ignora que existe y trata incluso de decir que, si se han arrepentido, si quieren volver a atrás, es que no eran verdaderos trans. No son respetuosos con aquellas personas que tuvieron esa experiencia y que apoyaron en su día porque como ya no les encaja en su movimiento las descalifica. En la transición los chicos y chicas son héroes o heroínas, pero si se arrepienten y vuelven atrás son traidores.

-Realmente, hay muchas personas que sufren con esto. ¿Por qué consideran que el transactivismo puede generar problemas en la infancia y en la adolescencia?

—El transactivismo puede crear dos tipos de problemas. Uno es complicar a los niños en edades tempranas con asuntos de identidad de género, generando problemas que no tenían antes. Los niños de 4 y 5 años no están preocupados por la identidad de género que tienen y si reciben en la escuela charlas que los adoctrinen en ideas que son incorrectas como negar que existen varones y mujeres, que existen mujeres con pene, hombres con vagina y cosas de esas que científicamente no es cierto, les provoca problemas donde no había. En los humanos y mamíferos el sexo es binario. En el caso humano, varón o mujeres. Lo qué si pueden tener un abanico de opciones es el género, que son experiencias culturas de nuestra identificación o identidad sexual. Por otro lado, el transactivismo suele apoyar de forma precipitada, entusiasta, el proceso de transición. Apoyan que lo más pronto que un niño o niña tenga disforia o incongruencia de género emprenda el proceso de transición con el cambio de nombre, bloqueando la pubertad, la hominización cruzada, la cirugía… con cosas serias que provocan cambios irreversibles y que puede no resolver problemas con ello.

-Cuando escucha el sufrimiento de una persona que dice que está encarcelada en su cuerpo, que es mujer y no se siente hombre o viceversa, ¿qué opinión le merece?

—Yo entiendo que esa persona está sufriendo y los sufrimientos hay que entenderlos en su contexto. Un niño que lo levantan de la cama temprano cuando quería seguir durmiendo, pero tienen que vestirlo, lavarlo, llevarlo al bus y estar en el colegio seguro que en esa fase está sufriendo. La madre no lo va a dejar en casa para que no sufra, luego seguro que en clase lo pasa bien, aprende… ese sufrimiento inicial está al servicio de cosas de niños que necesita aprender. El sufrimiento hay que atenderlo y entenderlo en el contexto en el que ocurre. No se puede dar soluciones precipitadas que puede generar más sufrimiento en adelante, cuando ya sea irreversible. Los sufrimientos que uno tenga por deseos que no están satisfechos no se resuelven de forma inmediata. Un niño no come solo lo que le gusta sino también verduras y otras cosas que no le gustan. Si le satisficieran el deseo y comiera todo lo que quiera le puede producir problemas con los que puede sufrir más adelante. Hay que diferenciar el corto plazo y el largo plazo que importará en el desarrollo psicológico. Hay mucha demagogia con el sufrimiento. Sí que es real el sufrimiento, pero hay que ver cómo se ha hecho real, entenderlo como surge en el contexto del desarrollo. Si a un niño lo tienen que vacunar y con el pinchazo va a sufrir dolor o malestar, qué pasa, qué tienen que privarle de ese malestar. Se entiende que los padres y la sociedad tienen miras más allá de los malestares. Los niños no saben tanto como un pediatra, como un clínico, o un adulto. No son sabios. Nadie es sabio y los niños menos. Un adulto tiene la perspectiva más amplia que incluye a la del niño que está en el momento que está con la capacidad de entender las cosas que ocurren… por tanto, hay que adoptar las perspectivas de adulto para entender los problemas que se dan en la infancia o adolescencia…

-A su juicio, ¿cómo se debería entonces ayudar a aquellas personas cuyo sexo biológico no coincide con su identidad de género?

–Explorando, analizando, tratando de ayudar a las personas a entender ese malestar. Averiguando si ese malestar viene de otras cosas, si está relacionado con otros problemas que tienen las personas. Tratar de identificar los problemas reales que tiene alguien que presenta esa incongruencia de identidad de género, con su cuerpo, para analizar, esperar y ver porque un psicólogo clínico que estudió ocho o diez años, que tiene mucha experiencia, sabe más que un niño de 14 a cerca de esos problemas. Lo que ocurre en nuestra sociedad es que las leyes están influidas ideológicamente y dan cancha, favorecen o protegen los autodiagnósticos. Lo que digan los niños se toma como si fuese el diagnóstico que excusa a los especialistas a hacer nada. Es como si vas al médico diciendo lo que tienes y el médico solo puede afirmar lo que tienes, cuando el médico tiene que saber más que el diagnóstico que tú llevas que está influido por la ideología, la opinión social… Eso lo destacamos en el libro y lo tenemos que tener muy claro porque el deseo que tiene un niño de un juguete o un comestible no es algo originario, sino que deriva de que existan juguetes, comida… Son deseos de fuera a dentro y eso es el problema que implica aquí y está mal atendido. Es una de las razones por las que escribimos el libro, ya que los individuos piensan que los deseos van de dentro hacia afuera como si fueses originarios, cuando realmente es una fuente contaminada.

-Los argumentos del colectivo trans pasan por la violencia que sufren: cuando las matan las matan por ser mujeres.

–Es cierto. Las personas trans que se hayan hecho una transición o no, reciben mucha discriminación y maltrato. Eso tiene la culpa la sociedad por tener estereotipos muy limitados que llevan a la discriminación, que sin ninguna duda hay que corregir. En ese sentido, el activismo queer, el feminismo que ya lo hacía de toda la vida, el clásico, el político, ha luchado mucho y sigue luchando contra la discriminación contra la mujer. Pero fíjate que si añadimos la condición trans es peor. Se está corrigiendo y todavía se debe corregir las discriminaciones, pero para que la sociedad las supere no se pueden utilizar las mentiras, diciendo que no existe el hombre o mujer o sexo binario, sino que se debe de hacer con conocimientos fundados y entendiendo que la sociedad de forma tradicional tiene muchos prejuicios como el patriarcado. La sociedad tiene muchos prejuicios, casi inconscientes, por los que se discrimina a mujeres, personas trans y a cualquier que se salga de ciertos patrones. Por eso decidimos que nadie nace en un cuerpo equivocado. Donde podemos estar atrapados es en discursos equivocados acerca del cuerpo, la sexualidad o lo que sea. Es la sociedad la que hay que operar, no los cuerpos los que tienen que someterse a cambios. Se requiere de parte de la sociedad, de la educación, de las leyes, que faciliten el respeto hacia las personas. Ahí concedimos todos que las personas por el hecho de ser personas tienen el derecho de ser respetadas, reconocidas y atendidas, independiente del sexo, raza o religión.

-Rechazan la disforia de género, pero en cambio descartan que se trate de un trastorno, ¿por qué?

–La disforia de género es un malestar que alguien, niño o adulto, puede tener respecto a su cuerpo. Entonces nosotros entendernos que eso no es una enfermedad, no es una patología, sino un malestar, un problema. Pero un problema no es una enfermedad. Aquí nosotros coincidimos con el movimiento queer, que también trata de dispatologizar la disforia de género, luego es muy incoherente porque la manera que tienen de solucionar ese problema consiste en intervenciones fármaco-quirúrgicas y cuando una persona emprende un proceso de transición se convierte en un paciente de por vida porque la medicación es de por vida. Es contradictorio. Nosotros tratamos de ayudar a la persona a resolver el problema que implica sufrimiento. Entender, superar y solucionar problema en el contexto del mismo, ya que ese malestar puede estar mezclado con otros problemas. Por eso, la transición fármaco-quirúrgica debe ser la última solución. Una solución para personas que no tengan otras, pero no debe ser la primera como está establecido incluso por ley con la terapia afirmativa, que es afirmar los sentimientos que uno tiene.

-En el libro señalan que la ideología *queer* tiene un discurso único plagado de contradicciones. ¿Podría explicarme alguna?

–Sí. Por un lado, no quieren patologizar la disforia de género, que coinciden con nosotros, pero por otro la única solución que ven aceptable es la fármaco-quirúrgica. Entienden, enfatizan mucho con que la identidad de género es construida, deriva de la cultura, el lenguaje, los estereotipos. Algo que es verdad, pero por otro lado ellos toman el sentimiento del niño o quien sea como una relevación, de una condición innata natural que no es aprendida. Otra contradicción es que hablan continuamente de lo no binario, del arcoíris del género, de toda una variación de la identidad de género, pero en muchos aspectos son binarios porque el proceso de transición es hacerlo de un cuerpo de hombre a mujer o viceversa. Al final son binarios cuando dicen que tratan de superar esa dicotomía. Otro gran ejemplo tiene que ver con los estereotipos sexuales. La ideología *queer* trata de superarlos, que efectivamente hay que hacerlo y no pueden sostenerse en el mundo de hoy, pero en cambio las leyes autonómicas, salvo en Asturias que no hay y espero que no llegue que están basadas en esa ideología, señalan que los profesores deben observar en los colegios si una niña tiene comportamientos típicos de un niño como por ejemplo jugar al fútbol, que no se pinte las uñas, no lleve pendientes porque a lo mejor puede ser un chico. Por tanto, después de tratar de superar esos estereotipos sexuales, los meten por la puerta de atrás cuando los toman como base de la identidad.

-Además en la obra inciden en que la teoría *queer* ha invadido ya el debate político y social, ¿en qué se basan?

–Está clarísimo. Es lo mismo que decía de las leyes autonómicas que figuran en todas las autonomías, salvo la de Asturias que no tienen una en este sentido y en este caso no tenerla es un avance, no un retroceso. Tienen introducida esa vigilancia de los estereotipos sexuales. Es un ejemplo de esa influencia en las leyes que nos afectan a todos. La llamada ley trans, que está en proceso de discusión en el Parlamento, es un ejemplo de esta influencia. Esa ley va a promover la autodeterminación del sexo por el sentimiento y va a obligar a clínicos y padres a la afirmación del sentimiento de los niños sin averiguar nada, sin esclarecer la naturaleza del problema. Luego nuestro lenguaje está plagado de esto. Hoy día casi es políticamente incorrecto hablar de sexo de nacimiento o natal y en su lugar parece obligatorio hablar de sexo o genero asignado de nacimiento. En el nacimiento ni la comadrona, médico o medica que atendió el parto y quienes hay estado allí en el nacimiento de niño o niña, nadie asigna el sexo, lo constatan, lo observan con una fiabilidad prácticamente del 100%. Nuestro lenguaje está influido por la ideología *queer*. Los pronombres él, ella o elle es un ejemplo. Es muy influyente a la hora de condenar a quienes no sostengan esa teoría o no utilicen ese lenguaje porque la acusación de transfobia es la más peligrosa. Todo lo que digo en esta entrevista sería considerado como transfobia, ese poder condenatorio de descalificar lleva a muchas personas a dejar de hablar de eso, por transfobofobio. Los profesores en la Universidad, la gente que tenga que hablar en público, los periodistas se cuidan mucho de no usar ese lenguaje, de no asumir esa ideología por temor a recibir la condena de transfobia. Uno no dice lo que piensa, se autocensura… y hoy día no hay mayor censura social que la influencia que impida a la gente expresarse libremente.

-También las redes sociales juegan un papel importante en la lucha por los derechos de las personas trans y donde personas cuentan su historia. ¿Consideran que la gente «se hace trans» porque está de «moda»?

–Los estudios muestran que efectivamente el modo, la experiencia, la identidad de transgénero está de moda, por decirlo así, sin banalizar el fenómeno, pero señalando esto. Está muy influido por las redes sociales, por la imagen tan atractiva que se presenta como si fuese la solución a todos los problemas que pueda tener un adolescente. Está presentado en términos favorables, todo guay, todo *cool*, ya que te conviertes en un héroe o heroína si emprendes ese proceso, pero si te arrepientes y vuelves atrás te conviertes en traidor. Hay redes que muy utilizadas por los adolescentes que están plagadas de esta influencia. Nosotros en el libro contamos la experiencia destransicionista como el caso de una persona que de frecuentar las redes sociales pasó a creer que su problema era disforia de género y que con la transición iba a solucionarlo, hasta que se dio cuenta de que no era así.

-Es necesaria una Ley trans, en la que cualquier persona pueda establecer su género y que este sea reconocido legalmente sin necesidad de atravesar ningún proceso médico o psicológico.

–Por supuesto. Eso está en la ley de 2007, que, si una persona quiere, necesita, hace el proceso legal correspondiente puede efectivamente cambiar su identidad. Lo que promueven estas leyes es hacer eso a la ligera. Basado en sentimientos que se pueden tener a cualquier edad, cuando los sentimientos pueden ser muy influenciables por la situación que está y puede ser muy cambiantes. Los sentimientos de ahora no definen algo que pueda ser lo mismo dentro de un mes, un año o dos. Si tú ahora basas situaciones irreversibles en situaciones que tienes en un momento dado, no es respetuoso. La ley que defienda eso es algo tramposo.

-¿Un trans debe ir o no a una cárcel de mujeres?

—Desde luego una ley que favorezca el que una mujer trans que biológicamente es un hombre vaya a una cárcel de mujeres y que a lo mejor haya sido violador es a todas luces un peligro. O que una mujer trans que biológicamente es un hombre, tiene corpulencia, estatura de hombres como el nadador Lía Thomas es sinceramente un despropósito que se ponga a competir con mujeres. Parece antideportivo, en este caso cuando competía con nadadores estar en el número 400 del ránking y cuando lo hace con mujeres quedar el primero. Vergüenza le debería de dar. Ya que la gente no se autorregula, no tiene deportividad como personas, las leyes generales deben cuidar de eso.

6 la prostitución

La RAE (Real Academia de la Lengua) Dice:

prostitución
Del lat. *prostitutio, -ōnis.*
1. f. Acción y efecto de prostituir.
2. f. Actividad de quien mantiene relaciones sexuales con otras personas a cambio de dinero.

<<la prostitución y el feminismo radical>>

Las "guerras del feminismo en torno a la sexualidad"

En la sociedad actual, la búsqueda de placer sexual ha transformado la sexualidad y se ha pasado del sexo procreativo al sexo recreativo. En la sexualidad, y en concreto en las relaciones sexuales, se organiza la vida social y las personas son clasificadas según esquemas que valoran o critican ciertas prácticas y conductas. Por eso una relación sexual nunca es simplemente el encuentro de dos cuerpos, sino que también es una puesta en acto de las jerarquías sociales y de las concepciones morales de una sociedad.

La cruzada abolicionista, organizada por el feminismo radical, contempla el fenómeno del comercio sexual como un abuso más de poder del patriarcado. Para empezar, el feminismo no quiere reconocer un hecho indiscutible: el trabajo sexual sigue siendo una actividad que eligen millones de mujeres en el mundo, básicamente por su situación económica. Incluso, aunque las migrantes experimenten condiciones laborales desagradables o de explotación en el lugar de destino.

Es evidente que existe el problema de la trata, con mujeres secuestradas o engañadas, también existe un comercio donde las mujeres entran y salen libremente, y donde algunas llegan a hacerse de un capital, a impulsar a otros miembros de la familia e incluso a casarse. Es decir, quienes sostienen que es un trabajo que ofrece ventajas económicas tienen razón, aunque no en todos los casos.

Para el feminismo abolicionista, la prostitución debe ser abolida, es decir, erradicada, no prohibida, porque es una institución patriarcal basada en la desigualdad entre varones y mujeres. Esta corriente teórica considera que la explotación sexual y la prostitución son fenómenos inaceptables. Considera a la prostitución como un sistema de opresión sexista, racista y clasista. Se opone a la constante represión policial que sufren las mujeres que la ejercen y a la desaparición de mujeres, secuestradas por redes de trata con fines de explotación sexual. Considera especialmente a la trata como una seria violación de los derechos humanos y que la mayoría de las personas en situación de prostitución son víctimas de la trata.

Investigaciones realizadas en todo el mundo muestran que las personas que se prostituyen están expuestas a un alto riesgo de violencia física y riesgo de ser asesinadas. Los estudios, además, muestran que la mayoría de las prostitutas han experimentado abuso sexual infantil, graves formas de violencia al ejercer la prostitución y sufren de trastorno por estrés postraumático con un nivel de severidad comparable al de los veteranos de guerra. Una investigación realizada en la Universidad de California, San Francisco, en el año 2019, concluyó que los varones clientes de la prostitución eran más propensos que los varones no compradores sexuales de cometer todo tipo de delitos incluyendo uso de armas, abuso de sustancias y delitos de violencia contra la mujer. Investigaciones realizadas en Canadá, Colombia, Alemania, México, Sudáfrica, Tailandia, Turquía, los Estados Unidos y Zambia mostraron que los actos de violencia, como violaciones, golpes, torturas, humillaciones, acoso, insultos, degradaciones, eran algo normal en la prostitución. Estas investigaciones concluyen que la prostitución es una forma de violencia que resulta en beneficio económico solo para quienes venden a las mujeres, niños o niñas. Es por eso que el abolicionismo considera a la prostitución en sí misma una forma extrema de violencia que debería ser eliminada.

La Declaración de Viena sobre la eliminación de la violencia contra la mujer, aprobada por la Organización de Naciones Unidas en 1993, reconoce la prostitución como una forma de violencia contra las mujeres. La trata de personas se ha vuelto un tema prioritario para la Organización Internacional para las Migraciones (OIM), ya que las cifras conocidas dicen que hay cientos de miles de mujeres y niñas que son víctimas de la trata para explotación sexual a través de fronteras internacionales.

La Convención sobre la Eliminación de Todas las Formas de Discriminación contra la Mujer sostiene, en su artículo 6, que los estados partes deberá tomar todas las medidas apropiadas, incluso de carácter legislativo, para suprimir todas las formas de trata de mujeres y explotación en la prostitución de la mujer. Considera que la trata de mujeres y la prostitución forzada son formas de violencia contra las mujeres. Sostiene que las causas fundamentales de la trata con fines de explotación sexual están directamente vinculadas al sistema social de la prostitución. Que la prostitución y la explotación sexual generan el tráfico de personas. También se afirma que los perpetradores gozan de una impunidad generalizada y que las mujeres son objeto de formas extremas de violencia. Por eso proponen desalentar la demanda sexual como forma de prostitución para desmantelar el sistema que utiliza a las mujeres en situación de vulnerabilidad.

El Convenio para la represión de la trata de personas y de la explotación de la prostitución ajena de Organización de las Naciones Unidas (ONU) establece que los estados no tienen potestad para controlar, perseguir, someter a exámenes médicos, registrar o cobrar impuestos a las personas que estén en situación de prostitución y sí están obligados a perseguir a proxenetas y tratantes, como a generar políticas públicas para quienes quieran salir de la prostitución. También establece que se comprometen a castigar a toda persona que, para satisfacer las pasiones de otra, aun con el consentimiento de tal persona.

El abolicionismo comparte estas ideas y por eso pretende que se persiga al proxenetismo, tanto individual como organizado, es decir, tanto la relación prostituta/chulo como las casas de citas, prostíbulos, burdeles, pero no a las mujeres en situación de prostitución o a la prostitución en sí.

En todos los países la mayoría de las prostitutas suelen ser inmigrantes. En España, el 90 % son extranjeras. Como el crimen organizado funciona de manera internacional y no todos los países de Europa son abolicionistas, por ejemplo, cuando se aprobó la ley abolicionista en Francia en 2016, aumentó el número de prostitutas en Alemania, sobre todo en las fronteras con Francia.

Diferencias entre modelos

Existen diferentes modelos jurídicos para la prostitución, por ejemplo, el prohibicionismo, el abolicionismo, el reglamentarismo y el regulacionismo. A su vez el abolicionismo puede ser radical, clásico o mixto.

El **prohibicionismo** suprime penalmente la prostitución y la considera un delito. El prohibicionismo, liderado por cristianos que defienden el concepto de la familia cristiana, es una corriente moralista conservadora anti-prostitución que considera que la prostitución es un pecado que atenta contra la noción de familia occidental y cristiana. Suprime la prostitución oficializada o estatal, impone una condena moral a las prostitutas y supone la criminalización de las mismas. La moral sexual católica condena la prostitución por pecaminosa, tanto para la mujer como para el varón prostituyente o cliente, ya que peca también quien paga por obtener placer sexual de otro. La prostitución es considerada un desorden moral grave, porque cuando alguien vende su cuerpo, «*vende su alma*". Es un criminal todo aquel que busca los servicios de una prostituta. «*La prostitución no solo destruye vidas, matrimonios y familias, sino que también destruye el espíritu y el alma de una manera que conduce a la muerte física y espiritual*». Si la prostitución es considerada una actividad inmoral, es un vicio al cual el estado debe prohibir y las prostitutas, no sus clientes, deben ir a la cárcel.

El **abolicionismo radical**, a diferencia del prohibicionismo, no toma en cuenta el criterio moral, sino que enfatiza el punto de vista de la prostituta como víctima de la dominación sexual masculina. La prostituta no debe ser castigada sino resocializada. ONGs como la Asociación para la Prevención, Reinserción y Atención a la Mujer Prostituida se ocupan de estos temas.

El modelo sueco es el mejor ejemplo de abolicionismo radical. Hasta ahora, mostró que cuando los compradores se arriesgan a ser castigados, el número de varones que compran personas prostituidas disminuye y los mercados locales de la prostitución se vuelven menos lucrativos. La ley sueca considera que la prostitución es un mecanismo de opresión y de objetivación de la mujer. Según una investigación en Suecia, solicitada por el gobierno sueco, las mujeres en situación de prostitución vivían inmersas en un mundo de violencia y opresión, de drogas y de crímenes, de poder y de sujeción. Según el informe de evaluación de la Ley de abolición de la prostitución de 2016 en Francia, publicado en 2020 con entrevistas a todos los implicados en la aplicación de la ley (prefectos, policías, fiscales, delegados de los derechos de la mujer, asociaciones de base, grupos de presión, ONGs, trabajadores de la Justicia y de asuntos sociales), donde se aplica el modelo abolicionista radical la ley funciona y disminuye la trata de personas. El abolicionismo radical cree que las mujeres que se prostituyen de forma voluntaria son una minoría demasiado pequeña. La Oficina de Naciones Unidas contra la Droga y el Delito (UNODC) afirma que en Europa, una de cada siete así llamadas «trabajadoras sexuales» han sido esclavizadas en la prostitución a consecuencia de la trata de personas.

El **abolicionismo clásico**, no impone una condena moral a las mujeres en situación de prostitución. Este abolicionismo cuestiona la estigmatización de las mujeres en situación de prostitución por considerar que vulnera sus derechos, y critica los aspectos de misoginia y opresión de esta actividad en la cual generalmente mujeres y niñas son objetos y varones son clientes.

El **abolicionismo mixto** es moderado porque asume que la prostitución es una realidad, y diferencia prostitución voluntaria de trata y busca garantizar los derechos de las mujeres en situación de prostitución. Considera que hay que desalentar la demanda sexual, apoya la criminalización del cliente, con la idea de controlar al consumidor - *«sin cliente no hay putas»* es el eslogan - pero cuestiona las deficiencias del sistema penal. No criminaliza a la mujer que llega a prostituirse, señala la importancia de garantizar los derechos de las mujeres en situación prostitución y propone distinguir la trata de personas de la prostitución supuestamente voluntaria, sin ignorar ni minimizar los efectos negativos de la prostitución y su importancia en la economía tanto individual como social. Esta corriente jurídica cree que la prostitución en sí misma es una actividad indeseable pero que no es razonable perseguir a quienes salen más perjudicadas y son explotadas por otros para satisfacer sus deseos.

El **reglamentarismo**, en cambio, utiliza un sistema de control sanitario y policial, que es ejercido únicamente sobre las prostitutas y no sobre los clientes consumidores, con el objetivo de prevenir contagios masivos de enfermedades venéreas. La prostitución es permitida en ciertas zonas delimitadas.

El **regulacionismo** defiende la prostitución como un trabajo, reclamando para quienes la ejercen los mismos derechos que cualquier trabajador y el reconocimiento de sus necesidades específicas, por ejemplo, una atención médica adaptada. Como el modelo neozelandés, que reconoce la prostitución como un trabajo y establece medidas protectoras sin obligar a las profesionales del sexo a registrarse como tal. Sostiene que la industria del sexo no es sinónimo de misoginia ni de desigualdad sexual y que las mujeres ingresan voluntariamente en la prostitución. Considera que la ausencia de regulación es lo que, en realidad, genera clandestinidad y que es ésta la que expone a las llamadas trabajadoras sexuales a encontrarse más vulnerables frente a las diversas formas de violencia y opresión. El regulacionismo quiere que la prostitución sea considerada un trabajo como cualquier otro y que las prostitutas gocen de derechos como cobertura médica y jubilación, como cualquier trabajador. Para la noción de prostitución en términos de trabajo sexual, el varón consumidor de prostitución se presenta como un sujeto desexualizado y desprovisto de género, igual que cualquier otro servicio. Organizaciones como Ammar, Colectivo Hetaira y OTRAS sostienen esta postura.

El regulacionismo cuestiona al abolicionismo porque considera que lo que llaman trabajo sexual está mal visto por un tema moral, de puritanismo y que negarle a la actividad su condición y dignidad de trabajo es una violencia simbólica contra las mujeres que eligen vivir libremente su sexualidad. Los que apoyan el regulacionismo insisten en la capacidad de las mujeres de decidir libremente sobre lo que quieren hacer con su cuerpo y sobre su sexualidad, que el trabajo sexual es voluntario y la mujer decide en total libertad del uso que quiere hacer de su cuerpo, que no todo trabajo sexual es trabajo forzado, mientras que los abolicionistas consideran que el acuerdo para vender sexo nunca puede ser voluntario y que, por lo tanto, la prostitución en general equivale a la explotación sexual. El regulacionismo busca la despenalización del trabajo sexual.

El abolicionismo se opone al regulacionismo, además, porque considera que potencia la trata de personas. Un estudio en 150 países demostró que aquellos en los cuales la prostitución estaba legalizada y regulada por el estado, se potenciaba la trata de personas para explotación sexual. Considera que el regulacionismo no toma en cuenta la coerción o la manipulación y que cree ingenuamente que la prostitución es una elección voluntaria de la mujer o persona (varón, travesti, transexual etc.) sin tomar en cuenta su vulnerabilidad o falta oportunidades. Considera, además, que la demanda genera más trata de personas.

Existe una diversidad de **puntos de vista feministas sobre la prostitución** y el trabajo sexual. Muchas de estas posiciones pueden agruparse en dos puntos de vista generales: los que están en contra y los que están a favor.

Las feministas abolicionistas sostienen que la prostitución es una forma de explotación y dominio masculino sobre las mujeres, y una práctica resultado del orden patriarcal existente. Estas feministas argumentan que la prostitución tiene efectos muy negativos, tanto en las prostitutas, formalmente denominadas por este grupo mujeres *en situación de* prostitución— como en la sociedad en su conjunto, ya que refuerza visiones estereotipadas sobre las mujeres, que son vistas como objetos sexuales que pueden ser utilizados y abusados por los hombres.

Las feministas regulacionistas afirman que la prostitución y otras formas de trabajo sexual pueden ser opciones válidas para mujeres que elijan participar en ellas. Desde este punto de vista, el trabajo sexual debe diferenciarse de la prostitución forzada, y las feministas deben apoyar el activismo de las trabajadoras sexuales contra abusos de la industria del sexo y el sistema legal.

El desacuerdo entre estas dos posturas ha demostrado ser particularmente polémico y puede ser comparable a las guerras sexuales feministas —debates enconados sobre cuestiones sexuales— de finales del siglo XX.

Prostitución transgénero

Alrededor del 50% de las personas transexuales ejercen "en algún momento" la prostitución, según un estudio.
La Vanguardia. 06/09/2012 14:29Actualizado a 06/09/2012 14:31
Chamizo apoya la petición del colectivo en Andalucía de crear una **Ley integral** de transexualidad en esta legislatura

SEVILLA, 6 (EUROPA PRESS)

Casi el 50 por ciento de las **personas transexuales** han ejercido en algún momento la prostitución, un dato que refleja la "cruda realidad" que vive este colectivo y que se desprende del estudio 'Transexualidad en España: Análisis de la realidad social y factores psicosociales asociados', realizado por un grupo de investigadores del Departamento de Psicología Social, Antropología Social, Trabajo Social y Servicios Sociales de la Facultad de Estudios Sociales y del Trabajo de la Universidad de Málaga a petición de la Federación Estatal de Lesbianas, Gays, Transexuales y Bisexuales.

El estudio, para el que se han encuestados 153 personas de toda España, siendo 110 mujeres transexuales y 43 hombres transexuales, entre 15 y 69 años de edad, es el primero que se realiza a nivel nacional y desvela "la cruda realidad" del colectivo. La investigación, que ha sido presentada en Sevilla este jueves por el Defensor del Pueblo Andaluz, José Chamizo, y la presidente de la Asociación de Transexuales de Andalucía (ATA), Mar Cambrollé, refleja que el nivel educativo de la mayoría de los encuestados es "medio-alto", si bien, sólo el 39,2 por ciento hizo visible su transexualidad cuando estudiaba. En el ámbito educativo, el 32,8 por ciento de las personas consultadas **señala haber tenido** "bastante o mucho conflicto" con los compañeros.

Un tercio de los encuestados afirma tener "ingresos inferiores a 600 euros, de los que un 15 por ciento cuentan con menos de 300 euros", lo que refleja "el nivel de precariedad económica del colectivo" y el alto nivel de desempleo, que alcanza el 35 por ciento.

En este sentido, llama la atención que casi uno de cada dos encuestados reconozca "haber ejercido en algún momento la prostitución", en concreto el 48 por ciento. Al hilo de esto, Chamizo ha apuntado que el índice de inserción laboral de personas transexuales que ejercen la prostitución es alto si encuentran otro camino. "El 90 por ciento de transexuales que ejercen la prostitución si tuviera opción de conseguir trabajos sin cualificación la dejarían", afirma Cambrollé.

La investigación desprende la percepción de que la falta de empleo es, frecuentemente, por ser transexual. Además, en el ámbito laboral, el 55,9 por ciento de las personas consultadas en la investigación señala haber tenido algún tipo de conflicto en el trabajo al hacer pública su transexualidad, lo que revela el nivel de rechazo social del colectivo.

CONSCIENTE DE SER TRANSEXUAL DESDE LOS 10 AÑOS

Por otro lado y en referencia a la identidad sexual, Cambrollé ha señalado que el estudio refleja que la media de edad a la que se es consciente de la propia transexualidad se sitúa en 10,8 años, lo que coincide con el inicio de la pubertad que se sitúa entre los diez y los doce años. Sin embargo, este dato contrasta con que la comunicación a otra persona se produce "bastante más tarde, entorno a los 18 años". "Desde pequeña edad eres consciente de que eres diferente, pero no hay una situación favorable para hacerlo visible y se sufre mucho", ha advertido Cambrollé.

En cuanto a los diversos tratamientos realizados para adecuar el aspecto físico a la identidad sexual, se observa que la mayoría de las personas encuestadas se han sometido a tratamiento hormonal. Aunque también la mayor parte señala haberse sometido a intervenciones quirúrgicas, el número es notablemente menor. Por último, en el caso de reasignación de sexo, el 15 por ciento reconocen haberse sometido a cirugía.

Con respecto a las principales vías de apoyo, que son la familia y los amigos, el ámbito familiar es la principal fuente de ayuda económica, mientras el apoyo emocional proviene de las amistades. Sin embargo, existe "un gran nivel de insatisfacción" por la vida que tienen y los problemas para hacer visible su identidad en el ámbito laboral, educativo, familiar y sanitario.

MARCO JURÍDICO PARA LA NO DISCRIMINACIÓN

Ante esta situación, Mar Cambrollé, pide a las administraciones, al Gobierno de la Junta de Andalucía y a los partidos políticos, un marco jurídico que garantice la no discriminación y los derechos colectivos en una Ley integral de transexualidad, que ya pedimos en 2009 y que terminó en una Proposición No de Ley presentada en el Parlamento por el PSOE. Apunta que esta solicitud va en el acuerdo programático de gobierno de PSOE e IU.

"Es un ley necesaria porque va a trabajar en tres aspectos principales, en políticas de acción positivas en empleo; en educación con protocolos y campañas de sensibilización para docentes; y el ámbito sanitario, donde tenemos una gran demanda", ha afirmado, al tiempo que ha continuado recordando que Andalucía ha sido pionera en 1999 creando la primera unidad de atención a personas transexuales, pero demanda una renovación de los protocolos de atención que son obsoletos y no incluyen a menores transexuales.

El Defensor del Pueblo Andaluz, José Chamizo, ha subrayado el valor del informe sobre un grupo de personas que "no lo pasan bien en la vida". Al tiempo, ha valorado la valentía que han tenido para hacer frente y defender los derechos del colectivo.

En este sentido, se ha sumado a la petición de una ley integral que incluya aspectos fundamentales como la no discriminación y el tratamiento sanitario, revisando los protocolos. Cambrollé ha indicado al respecto que espera que la ley "no se dilate más en el tiempo".

De otro lado, Chamizo ha recordado que "históricamente" ha recibido muchas denuncias de personas por problemas de cambio de sexo, pero también por expulsiones en el trabajo, que consiguen un puesto laboral por ser transexual, por palizas, desprecios, en definitiva, por situaciones de marginación.

Prostitución. Hombres para mujeres y para hombres

La **prostitución masculina** es una forma de la prostitución que se refiere a varones que prestan servicios sexuales tanto a varones como a mujeres. En diferentes culturas e idiomas, este fenómeno social tiene diferentes nombres populares, como el *gigoló* (si el hombre busca solo clientes femeninos) y *chapero* o *taxiboy* (si busca clientes de su mismo sexo), entre otros. El término *prostituto*, al contrario de su contraparte femenina *prostituta*, es mucho menos usual. Los prostitutos que ofrecen servicios a clientes de su mismo sexo pueden considerarse a sí mismos heterosexuales o bisexuales, pues muchos de ellos mantienen relaciones heterosexuales aparte de su trabajo de prostitución e incluso muchos de ellos están casados con mujeres.

En comparación con la prostitución femenina, la masculina ha sido menos estudiada. Algunos investigadores concluyen que ambos casos tienen diferencias y comportamientos notables.

Si bien la prostitución masculina tiene muchas referencias históricas desde el mundo antiguo, como la prostitución masculina en Grecia, en la actualidad esta se ha venido relacionando especialmente con el llamado turismo sexual.

Prostitución masculina en la actualidad

La prostitución masculina es muy variada y difiere en mucho de la prostitución femenina. Muchos varones ejercen la prostitución por necesidad, pero en cuanto adquieren un empleo estable, la abandonan naturalmente, aunque no en todos los casos. Otros de clases pudientes, especialmente adolescentes, la ejercen por obtener dinero alternativo, pero en edad más adulta la abandonan, aunque no en todos los casos.

Clientes y prostitutos se encuentran en numerosas formas. Muchos de los términos con los que se refieren a los prostitutos nacen de las maneras en los que estos son contactados o los lugares en donde estos se encuentran. Por ejemplo, en Colombia, un "prepago" es un prostituto al que se le paga antes de que este preste su servicio sexual. En Cuba, un "jinetero" es uno que "cabalga al turista". Estos nombres pueden tener su contraparte en la prostitución femenina. Un "gogoboy" es un prostituto que atrae clientes en espectáculos de danzas eróticas y estriptis. Internet ha contribuido a la internacionalización de ciertos nombres de origen anglosajón como "rentboys" y "escorts". Los masajistas también han tenido una relación con la prostitución masculina, especialmente en Asia.

La prostitución masculina puede ser ejercida de manera solitaria, en grupos o asociados a empresas de prostitución. La primera tiene mayores riesgos, tanto para el prostituto como para el cliente, mientras asociarse conlleva mayores garantías para ambas partes.

La siguiente es una clasificación no exhaustiva de los tipos de prostitución masculina:

Internet

La prostitución masculina profesional tiende a utilizar Internet como el principal medio de promoción de servicios, en las llamadas "agencias de escorts". El Internet se convirtió en uno de los medios principales para la promoción de la prostitución masculina, porque conlleva una cierta protección tanto para el cliente como para el prostituto, en comparación con la prostitución callejera.

Muchas de ellas se presentan como agencias de modelaje. Los prostitutos se asocian a dichas agencias pagando una cuota mensual para que sean enlistados con fotografías, textos descriptivos, precios e información de contacto. Los clientes contactan directamente al prostituto, quien conserva toda la ganancia y paga la cuota estipulada.

Otra manera es que la agencia controla el contacto: el cliente contrata directamente con la agencia, de manera que esta hace de proxeneta y estipula el lugar de encuentro y las tarifas del servicio. Los prostitutos deben entregar a la agencia un porcentaje (en promedio, entre 25 y 33 por ciento). En este caso, la agencia busca prostitutos potenciales a los que les ofrece el seguimiento de una sesión de entrevistas, exámenes, sesión fotográfica y crean el portafolio del prostituto, que incluyen en la página para que la consulten los posibles clientes. Es usual que un prostituto se asocie a varias agencias para garantizar un tiempo completo de trabajo y mayores rentas.

Otros sitios permiten que el proveedor autónomo se registre, cobrándole una cuota, y a través del sitio se presenta, entrando en contacto directo con los posibles clientes. A partir del 2007, hay premios anuales e internacionales (*hookies*, de *hooker*, argot inglés para "prostituta") para los prostitutos.

Otra forma de prostitución masculina en Internet son los "modelos de webcam", quienes no obtienen contacto directo con el cliente. El prostituto exhibe su cuerpo según los deseos del cliente, quien paga el servicio a la agencia con una tarjeta de crédito o con algún sistema de afiliación.

Numerosos prostitutos anuncian de manera individual sus servicios en canales de conversación que permitan esto o que hayan sido creados para ello, en grupos, foros y otros programas. Estos prostitutos piden por lo general precios más bajos quizá por ignorancia de los precios del mercado o por urgencia económica. Estos prefieren no mostrar sus fotos en el Internet, son más restringidos en sus servicios (no besos, no sexo anal, etc.) y aparecen con frases como "en busca de algún generoso", "bu$co ayuda" y otras frases que den a entender lo que ofrecen.

Avisos

Numerosas publicaciones como revistas o periódicos de tipo gay, eróticos o que promueven los contactos, tienen secciones de anuncios de "rentboys", masajistas masculinos, "terapistas" masculinos y otros que en realidad son hombres jóvenes que ofrecen sexo a las mujeres.

Calles, bares, clubes, parques

Los "taxiboys" son aquellos prostitutos que esperan sus clientes en calles, parques, bares o clubes. Dichos lugares son por lo general identificados como tales y por lo tanto los clientes acuden a ellos en búsqueda de sus servicios, muchos de ellos en coche.

Calles y parques, sin embargo, resultan difíciles para ambas partes, porque los vecinos del lugar, al considerar dicha actividad como un problema de orden público y moral, llaman a la policía. Por otro parte, los prostitutos se hacen presa fácil de bandas homofóbicas o están más expuestos a cualquier tipo de violencia callejera, contrario a si se asocian a algún tipo de agencia. Al ser abordado en la calle por un cliente, el prostituto puede correr el riesgo de ser objeto de violencia del mismo sin mayores garantías. Por su parte, clientes pueden correr el riesgo de contratar criminales que se hacen pasar por prostitutos y tan solo quieren robarlos o poner en riesgo su vida. Sin embargo, dichos riesgos pueden ser relativizados por el tipo de lugar en que se encuentran.

Bares y clubes contienen menos riesgos y son muy comunes en Asia, especialmente Japón y Tailandia, en donde clientes pagan al lugar por un "muchacho de compañía" para conversar dentro del club y, eventualmente, terminar en relaciones sexuales.

Burdeles de prostitución masculina

Los burdeles de prostitución masculina son muy comunes en el Sudeste Asiático (Tailandia, Camboya, Vietnam, Filipinas), pero también pueden ser encontrados en ciudades de Estados Unidos, aunque en Occidente es bastante extraño, pues el prostituto en esa parte del mundo tiende a trabajar de manera más independiente.

En noviembre de 2005 la antigua proxeneta y prostituta Heidi Fleiss anunció sus planes de asociarse con Joe Richards para convertir el "Cherry Patch Ranch" en Crystal, Nevada en un establecimiento de prostitución masculina destinado exclusivamente para mujeres, pero en 2009 ella anunció que había abandonado esta idea.

Turismo sexual

El turismo sexual homosexual se ha visto en países como Tailandia, México, la República Dominicana, y en el siglo XX en Marruecos y Argelia.

Las mujeres de Europa van al mar caribe, África y Asia para disfrutar de sexo con jóvenes prostitutos de dichos países

Mujeres organizan sus vacaciones a dichos países para conocer y disfrutar de "novios temporales" que encuentran por lo general en las agencias de escorts. Ellas solicitan "jóvenes de compañía", "guías turísticos" e "instructores de baile" con los que puedan tener además relaciones sexuales. Alemanas prefieren República Dominicana, Grecia y Marruecos, japonesas van a Bali en Indonesia. Las mujeres son de todas las edades, pero en general son de clase media en búsqueda de romances y sexo.

 Prostitución masculina orientada a mujeres extranjeras tome liderazgo en la actualidad en India con agencias de gigolos, aunque la prensa ha denunciado casos de abusos por parte de gigolos para sus clientes.

Los precios

Los precios en la prostitución masculina son determinados por la oferta y la demanda. Además están bien determinados por elementos como la edad, la belleza física, la posición sexual, la raza, la personalidad, la experiencia en la cama, el tiempo en el cual el prostituto estará con el/la cliente, la habilidad para mantener una erección, el encanto, el deseo de practicar actos de fetichismo, la fama y la reputación. Agencias y los mismos prostitutos pueden cambiar sus precios de acuerdo a cambios en la demanda para atraer clientes.

La categoría de la prostitución masculina también afecta los precios. En realidad se piensa que las agencias de escort son las que contienen la mayor cantidad de prostitutos, pero por ejemplo según estudios del "*Journal of Homosexuality*" de Estados Unidos, menos del 5 por ciento de prostitutos en ese país pueden ser considerados prostitutos de agencia (escorts), mientras que la gran mayoría son en realidad "rentboys", "taxiboys" y prostitutos eventuales que son jóvenes que se dedican eventualmente a ello para obtener alguna renta. Este factor hace que la definición de precios fijos o regulares varíe y que estos puedan cambiar dramáticamente en cuestión de horas.

Prostitutos con mayor experiencia tienden a cobrar precios más altos que novatos o prostitutos ocasionales. Es posible que ello se deba a que conocen mejor el mercado y los métodos para anunciarse. Por otro lado, los precios pueden variar notablemente entre un país industrializado y uno en vías de desarrollo. Prostitutos en países como República Dominicana o Vietnam pueden venderse por precios que son muy inferiores a lo que pedirían sus colegas de Europa, Japón o Estados Unidos.

Problema legal

En algunos países del mundo, por ejemplo en Australia, los burdeles de prostitución, sean masculinos o femeninos, son legales, con excepción del Estado de Tasmania, mientras que la prostitución en las calles está prohibida. En otros países como Estados Unidos, los burdeles son técnicamente ilegales (excepto en Nevada), pero la mayoría de las ciudades no ponen en práctica la prohibición de la ley evitando así que los trabajadores sexuales sean arrestados por su actividad desde que no se involucren en evidente prostitución callejera. En este país, el término "servicio de escorts" es en realidad un eufemismo para prostitución y la mayoría de los prostitutos aseguran que hacen su trabajo por cuestión de tiempo y no en búsqueda de sexo, que este resulta de manera espontánea y consensual y que ellos "no son prostitutos".

Otra de las preocupaciones legales de la prostitución masculina es la del abuso infantil. Dado que los prostitutos más deseados son menores de edad, proxenetas y clientes intentan buscar prostitutos de edades inferiores a 18 años o incluso inducir a menores de edad a la prostitución por medio de dádivas. Según estudios de la UNICEF para el año 2000, en México se estimaba que alrededor de 30 mil menores de edad estaban dedicados a la prostitución y siendo víctimas de abuso infantil.

Sin embargo, a diferencia de la prostitución femenina, la masculina incurre mucho menos en el fenómeno del tráfico de personas y de prostitución forzada, aunque varones menores de edad —e incluso mayores de edad— son susceptibles de caer en dichas redes. La prostitución de menores de edad es intolerable por los sistemas judiciales de todos los países del mundo. Como los menores de edad tienden a ser más deseables, muchos prostitutos jóvenes intentan dar un aspecto infantil para atraer clientes, pero ellos mismos y las agencias a las que pertenecen deben demostrar que están en edad legal ante cualquier autoridad que lo requiera. De otro lado, la prostitución en todas sus formas es una de las principales raíces de la pornografía infantil en la cual proxenetas o abusadores pagan dinero o incluso incurren a amenazas para que menores de edad posen desnudos.

La disparidad de edad entre el prostituto y su cliente, así como la diferencia de su clase social y económica, es fuente de crítica social. En un estudio realizado en Dinamarca en 2003 con jóvenes dedicados a la prostitución, la mayoría veía su actividad como negativa y que hacían todo lo posible para ocultarla, lo que los lleva a vivir una doble vida y a crear cada vez más distancia con las personas cercanas (amigos y parientes). El aislamiento y el sufrimiento de no poder compartir sus experiencias como prostituto crean problemas afectivos. Muchos de los prostitutos en el estudio describieron que veían a sus clientes como meras relaciones sociales, mientras otros hablaron de ellos como figuras paternales.

Este estigma también incluye otro tipo de relaciones amorosas que incluye una forma más sutil de prostitución o "casi" prostitución: se trata de la relación entre una persona muy madura y un jovencito.[20] Esta disparidad en la edad recibe por lo general duras críticas del entorno social, tanto para el prostituto, como para el cliente.

- La prostitución masculina es por lo general ignorada, lo que pone en mayores riesgos a la población de prostitutos y a las personas que acuden a ellos por problemas como enfermedades venéreas, drogas y abuso infantil. Además, muchos de ellos viven una doble vida.

Prostitución. Hombres para hombres

Para Juan, el plan de investigación del conflicto feminismo y el colectivo LGTBI no termina ahí. La prostitución es un tema de mucha importancia, sobre todo, para las feministas radicales, que luchan por su abolición.

Juan ha conseguido que prostitutas y prostitutos se presten a cooperar para su trabajo contando todo de su vida. Su mayor sorpresa, es la variedad que hay dentro de un trabajo para unos y una explotación para otras. ¿Dónde está la verdad?

--- Quiero que me cuentes ¿Cómo es tú vida dentro de la prostitución? ¡Hombre para hombres!

--- No sé cómo fue ni qué pasó, dije basta. No había ocurrido nada en particular. Ningún cliente se había sobrepasado esta vez, ni me había visto obligado a consumir cocaína sin que me apeteciera, solo por cumplir. Simplemente no podía volver a la sauna. Llegó un punto que no podía más, tenía asco de mí mismo.
Llegué a Madrid con 20 años. Sin ningún conocido en la ciudad y con el dinero justo para sobrevivir durante un mes, la primera y única actividad que ejerció en mí nuevo destino fue la prostitución. ¡Nunca me había prostituido antes! Mi familia es "de clase media", pero, con muchos problemas de homofobia.
Acudí a una sauna de Madrid, donde otros muchos chicos jóvenes, la mayoría de ellos también latinoamericanos, se disputaban los clientes. Todos lo hacían por su cuenta. La figura del proxeneta es inexistente en el mundo de la prostitución masculina, una actividad destinada a una clientela casi exclusivamente también masculina.
El uso de drogas con los clientes, generalmente cocaína y "tina" (metanfetamina), es habitual y suele redundar en un mayor beneficio para el "chapero", como se conoce en el argot a los hombres que ejercemos la prostitución, pero la carga psicológica y física del consumo es, a veces, insostenible.
La decisión de parar fue también por las drogas. No quería más, pero los clientes pagaban mucho y acababas aceptándolo. permanecí seis meses en casa depresivo, casi sin salir y levantándome todos los días a las cuatro. Pasado ese tiempo, la necesidad económica me llevó a retomar la prostitución y, ahora, lo veo como un "trabajo normal".
La clave para llegar a ese punto es lo que, los psicólogos, definen como disociación. Las personas que ejercemos la prostitución

generalmente tenemos una parte disociada de la mente, como cuando un médico se pone la bata, relativamente normalizada y, cuando van a trabajar, tienen un papel que ejercen sin que les afecte. Yo ya no podría trabajar como camarero seis días a la semana para ganar 1.200 euros al mes. (…).

Nota del autor.
No existen datos ni siquiera estimados sobre el número de hombres que ejercen esta actividad en España. Tampoco hay, por tanto, sobre los clientes. La mayoría de ellos, según las fuentes consultadas para este reportaje, son hombres de más de45 años.
Al contrario que en el mundo de la prostitución femenina, <u>la trata y la esclavitud sexual</u> son un fenómeno habitual entre los hombres

--- ¿Cuánto tiempo te ves ejerciendo la prostitución? .

--- Creo que ya he resuelto mis problemas psicológicos ahora y estoy más confiado. Yo invierto y pienso poder, algún día, alcanzar mis propósitos y dejar esto. Tener una vida normal, pero con una independencia financiera, ser independiente de cualquier trabajo que tenga un jefe. ---.

Ernesto tiene 5o años y ejerce la prostitución masculina para hombres.

--- ¿Qué es la BDSM? Juan le pregunta a Ernesto

--- A mí los clientes no me llaman para hacer un masaje, soy un perfil de prácticas más extremas como <u>BDSM</u> una práctica sexual en la que se reparten roles de dominación y sumisión y en la que se llevan a cabo actos de maltrato consensuados. En algunos casos, un cliente se pueda sobrepasar, es bastante improbable, dado que en el 99% de los casos ejerzo un rol dominante. Tampoco consumo drogas mientras trabajo. Mi principal reto es tratar de evitar una implicación emocional con mis clientes. Continua Ernesto:

En el momento en el que terminas, hay clientes a los que la cabeza les hace click y empiezan a soltar cosas como dios nos va a castigar o mi mujer y mis hijos me quieren, ¿por qué hago esto?, relata Ernesto. --- Ahí tienes que poner barreras para que lo que te está vomitando ese tío en ese momento no te afecte, porque, si no tienes la suficiente fortaleza, te acabas creyendo que tú eres el culpable de que esté engañando a su mujer.

Para mí, es solo una ocupación temporal, a la espera de poder regresar a mí sector. La gente piensa que es dinero fácil, es verdad que estoy cobrando mucho dinero, pero no es tan fácil por el tema emocional --- explica Ernesto. Y tienes que acostarte con gente con la que no lo harías gratis y realizar prácticas que no te gustan. El BDSM no me gusta, el sexo lo he entendido siempre de igual a igual. .

Para Juan, todo lo que estaba descubriendo no lo podía comprender. Oía, leía, pero, todo era muy diferente al comprobarlo por los actores

Hombres casados y con hijos buscando a otro hombre para que lo maltrate. Todo lo veía muy anormal. Pero tenía que seguir, ahora tenía prevista una entrevista con un chico extranjero que se prostituía para las mujeres.

De todo lo que estaba investigando le sorprendió su ignorancia sobre el tema de la prostitución. Pensaba, que solo se prostituían las mujeres para complacer a los hombres. Todo el foco del debate conducido por el feminismo radical no contemplaba la prostitución de los hombres para complacer a las mujeres. El silenciar o manipular la realidad lo veía injusto.

Hombre esperando para ser contratado por una mujer

Prostitución. Hombres para mujeres

El <Turismo sexual>

Juan tenía que continuar con su investigación relacionada con los movimientos sociales. La prostitución, trata y explotación de la mujer, la industria del sexo, los vientres de alquiler, todos son temas de gran interés para el feminismo radical.

Para Juan, la prostitución era un tema de que, los hombres buscan a la mujer; No sabía que, había mujeres que contrataban a hombres.

Juan se enteró a través de un compañero de estudios de que, conocía a un latinoamericano que estaba metido en ese mundo.

Juan le presentó su proyecto fin de curso, le cambió el nombre y el país de origen. Robert aceptó la entrevista que comenzó así:

--- ¿Cómo fue y dónde fue la primera vez? Preguntó Juan.

--- Sabes que mi país es visitado por muchos europeos, no sé si sabes que muchos de los que nos visitan son mujeres, estas, cuándo viene solas o con otra, buscan lo que se llama <turismo sexual>.

Comencé a trabajar en un Hotel de camarero, con 20 años, me dijeron que si me prestaba para hacer un trabajo especial me pagarían más, mucho más. ¿Qué trabajo tenía que hacer? Pregunté y, me respondieron: El país necesita turistas, el Hotel también, nuestra oferta no puede decir públicamente que posibilitamos en <turismo sexual> de alta calidad. Tú tienes 20 años, 1,85 de altura 75 kilos, mulato claro. ¿Sabes lo que una turista española o alemana de 40 años pagaría por estar una noche contigo? ¡Tú te podías ganar 100 euros más el regalo que ella te haga! Acepté y así fue donde. Respondió Robert.

--- ¿Qué pasó esa noche?

--- Yo estaba preparado, había una señora que estaba interesada por mí, el hotel le había mostrado un video con los 4 chicos disponibles y Yo fui el elegido. La señora pidió una copa para la habitación, yo la serviría, ella me esperaba con muy poca ropa, mostrando sus piernas, me invitó a bailar una música muy suave y lenta, me quitó la camisa con mucha suavidad, me quitó los pantalones y me invitó a ir a la cama.(…) Ella quedó muy contenta y me regaló 100 euros.

--- *¿Cómo quedaste tú?*

--- ¡Muy bien! Ese día gané más que en un mes trabajando duro. Al día siguiente, igual, y así, hasta que se fue.

--- *¿Cómo fue la despedida?*

--- Bien, me dijo que se había enamorado de mí y, que me quiere llevar a España, dijo que me enviaría un contrato de trabajo para acelerar el trámite y la legalidad, tomo todos los datos míos, me abrió una cuenta en un banco para enviarme dinero y no tuviera que estar con otras mujeres. .

--- *¿Cómo fue el final de esa relación?*

 --- Yo seguí en el Hotel, haciendo lo mismo que hice con ella. Por su parte, me enviaba todos los meses 1000 euros, me llegó el contrato, el visado y me vine a España.

--- *¿Por qué no me dices el final?*

--- Le prometí no contar lo que escuché a cambio de una gran cantidad de dinero, es por eso.

--- *¿Qué haces ahora, sigues metido en la prostitución o has salido?*

--- ¡A dónde voy a ir! Gracias a las mujeres mantengo muy bien a mi familia, me tratan muy bien y me pagan mejor.

--- *Sabes que las feministas radicales están luchando por abolir la prostitución. ¿Qué dices de esto?*

--- He oído y leído muchas cosas, si yo hablara de las veces que he sido contratado por feministas radicales qué, además, tengo grabado, se podrá ver y comprobar la gran hipocresía de algunas feministas que pretenden acabar con lo que ellas utilizan. Por otra parte, tengo que decir que las más radicales son las que mejor me pagan y más veces me contratan. Visto lo que dicen y lo que hacen, lo que quieren hacer es quitarles a los hombres el acceso a las mujeres. ¿Con qué fin?

--- ¡Quieres decir! ¿Eliminar a la competencia?

--- Lo dices tú, yo digo lo que digo.

Juan se dio por satisfecho con el resultado obtenido de la entrevista. Antes de iniciar el trabajo fin de estudios no sabía que las mujeres hacían <turismo sexual> y mantenían a un amante.

¡Los chicos escorts!

Prostitución masculina: "Que yo me dedique a esto está hasta bien visto"

Cómo ellos no tienen que cargar con el mismo estigma cuando cobran por sexo

CELIA BLANCO diario El País . 20 MAR 2021 - 10:07 CET

La percepción que tenemos de la sexualidad, dependiendo de si somos hombres o mujeres, hace que el estigma que sufren las prostitutas no se produzca cuando son ellos los que cobran por sexo.

Es educado, guapo, tiene una voz exquisita y se comporta elegantemente. Queda bien colgado de cualquier brazo, tanto es así, que se cuelga de todos los que pagan su tarifa por sacarlo a pasear. Se prostituye. Y es un hombre. En su caso, acostumbra a acompañar a señoras solventes de empresas potentes que viajan mucho. Y que viajan a Madrid, le mandan un WhatsApp y son recogidas por él en el mismo aeropuerto. Esta era, al menos su vida, antes de que estallara la hecatombe sanitaria. Amador, llamémosle así, sacaba el dinero suficiente como para vivir en un ático en Malasaña con vistas a la plaza del Dos de Mayo. Ahora, con la pandemia, todo se ha ido al garete. Sus clientas teletrabajan desde sus casas, no viajan a Madrid y ha dejado el ático para compartir piso en Aluche. "No estoy mal. En Madrid, todavía puedo encontrar alguna clienta. Ya no puedo hacer despliegue de medios, pero hay muchas mujeres solas a las que su marido no hace mucho caso porque el negocio le va fatal por la pandemia". Cuando le pregunto si se refiere a la hostelería suelta una carcajada. "Si te doy ese dato, alguno sabrá que me estoy tirando a su esposa. Para salvar mi culo diré que tampoco lo están pasando bien los que vendían zapatos".

En su piso, los otros dos hombres que viven con él saben que se gana así la vida; no así la mujer. "Lo mismo cree que voy a subir a alguna clientela. No lo haré nunca. Mi cuarto es sagrado. Ahí solo entran las que me gustan a mí". **Sus dos compañeros de piso lo envidian: "Hay uno que insiste en que le enseñe el negocio. Pero yo no me atrevo a recomendarlo a mis clientas. No lo conozco tanto"**. Sus compañeros ven la prostitución casi como una buena fortuna.

<u>**El lado olvidado de la prostitución**</u>. <u>**La experiencia de un trabajador sexual con la pastilla para prevenir el VIH**</u>. <u>**La prostitución de ellos: más oculta, menos esclava**</u>.

Algo parecido le pasa a Erick, aunque él se presenta como masajista erótico. Su servicio es de los más completos: "Nos desnudamos. Empezamos de pie. Ella de espaldas a mí, cierra los ojos y respira profundamente. Es fundamental dedicar unos minutos a ambientarse, a desconectar del mundo exterior y sobre todo de los nervios que se sienten la primera vez. Descubrir sus zonas erógenas es mi trabajo. No aprieto ni trato contracturas; no soy fisioterapeuta. Mediante mis manos, en realidad, la yema de mis dedos, acaricio todo el cuerpo buscando la reacción de la piel, las zonas que se erizan al ser acariciadas o la respiración acelerada y sus suspiros. Cuando noto que su cuerpo ya está receptivo, acaricio su sexo para buscar el orgasmo. A veces se suceden consecutivamente; otras veces cuesta más. Cada mujer es un mundo y cada una tiene sus tiempos. Después descansamos, reímos y charlamos".

En su caso, también tira de clientela fija. Admite que lo suyo puede considerarse prostitución, y él mismo destaca que, en su caso, no está tan mal considerado como cuando se trata de una mujer. "**Yo no recibo el mismo rechazo que recibe una mujer. Lo saben mi familia y mis amigos. Soy un hombre. A mí no me juzgan. A ellas sí**". Erik tiene, también, clientela fija. Otros *servicios* se practican cuando la mujer lo pide expresamente. La penetración casi nunca aparece; según Erik, "después de los orgasmos no sienten la necesidad. Tampoco creo que busquen ese tipo de contacto conmigo. Solo en contadas ocasiones, cuando hay confianza y pactado con antelación". Sus encuentros se han visto afectados por la pandemia, pero reconoce que puede mantenerse porque tiene quien no le falla. "A veces, me necesitan con urgencia", pero se acabó el contacto. Y todos los servicios, por supuesto, con mascarilla. Los datos sobre prostitución masculina no son fáciles de encontrar. Mientras que rápidamente sabes que **en España hay unas 100.000 mujeres que se prostituyen, no se sabe exactamente cuántos hombres lo hacen**. En el último control elaborado al respecto por el Ayuntamiento de Madrid, en 2013, se tuvo constancia de que unos 1.500 hombres se prostituían. Pero ni en el informe que se elaboró, aparecen datos específicos sobre ellos. En muchos casos, están totalmente silenciados. Pero existir, existen. Y, parece, que la cosa ha cambiado, más con la pandemia. Si bien la figura de *chapero* estaba más o menos extendida, sobre todo cuando nos referimos a prostitución callejera y económica, el *escorts*, así se hacen llamar ellos mismos, es el que ha permanecido después de la hecatombe. La prostitución callejera masculina casi ha desaparecido. Amador sostiene que él se beneficia más del boca a boca que de los anuncios que pueda pagar. "Las chicas, cuando os contáis que uno funciona supone más empuje que un anuncio. Intento que todas se vayan satisfechas". Aunque ambos, tanto Amador como Erick, se anuncian en Twitter libremente. Ninguno oculta lo que hace. "Que yo me prostituya", como dice Erick, "está hasta bien visto".

Juan empezaba a conocer ese gran misterio dentro de un enigma, le faltaba mucho todavía, tenía que penetrar más en ese mundo tan desconocido para él:

- Mujeres para mujeres
- Mujeres para Trans-mujeres -lésbicas- hombres ¿…?
- Mujeres para hombres
- Vientres de alquiler o gestación subrogada
- Bancos de semen o donación de esperma

Prostitución. mujeres para mujeres

Para Juan, la prostitución era una relación --- a cambio de dinero --- entre un hombre y una mujer. Recientemente, conoció a dos chicos escorts que las mujeres contrataban. Ahora, necesita investigar a las mujeres que se prostituyen para las mujeres.

No sabía que las mujeres contratan a otras mujeres pagándoles por el servicio prestado. Los argumentos de feminismo radical están encaminados para abolir la prostitución de las mujeres que utilizan los hombres.

Sorprendido, por la variedad y complejidad, Juan decidió empezar por conocer cómo funciona ese mundo tan desconocido para él.

Buscó y encontró, en la misma facultad, a una chica que se prestó a contarle lo que él necesitaba.

--- ¿Cómo es la prostitución entre lesbianas? ¿Por qué? ¿Cómo fue? ¿Cuéntame todo?

Todavía iba a la universidad cuando perdí mi trabajo a media jornada en una residencia de ancianos. Sabía que el siguiente trabajo que tuviera tendría que tener horarios flexibles y permitirme ganar mucho dinero en poco tiempo. Así es como acabé ofreciendo servicios sexuales. Ya tenía experiencia como bailarina de burdeles que en todas las ciudades hay. Por lo que no era del todo novata en la industria del sexo, y además, siempre me ha atraído este mundillo. Soy gay, por lo que desde el principio tenía claro que quería trabajar para una agencia en la que mis clientes fueran solo mujeres. Por aquel entonces no sabía si existía alguna agencia así. No me habría importado trabajar para una agencia normal, pero sabía que no tenía mucho que ofrecer a los hombres. No me atraían y nunca había practicado sexo con uno, por lo que me parecía un poco injusto cobrarles por ello y, en cualquier caso, no me habría sentido muy cómoda haciéndolo.

No fue nada fácil encontrar una agencia solo para mujeres, pero finalmente di con una agencia fundada por dos lesbianas. Cuando llegué a sus oficinas, me preguntaron qué opinaba de la industria del sexo y hablamos sobre la importancia de respetar mis límites y los de

las clientas. También me preguntaron si sabía cómo usar un *strap-on.* *(Juguetes eróticos)* Cuando salí de allí, el trabajo ya era mío.
Mi primera clienta fue una mujer que estaba en la ciudad por negocios. Yo estaba hecha un manojo de nervios, pero cuando vi que ella era un poco tímida, enseguida cambié de actitud para hacerla sentir cómoda. Estuvimos juntas una hora, tiempo suficiente para corroborar que me encantaba mi nuevo trabajo.
Ahora llevo más de un año ofreciendo mis servicios sexuales. Mis clientas son muy diversas: he tenido clientas lesbianas y bisexuales, pero también heteros que siempre habían fantaseado con acostarse con otra mujer, pero nunca se habían atrevido a ir a un bar gay para buscarla.
El mito más persistente es que lo que hacemos las lesbianas principalmente durante el sexo son tijeritas, cosa que, obviamente, no es verdad. Hay algo que me resulta muy chocante respecto a mis clientas heteros:parece que todas vienen muy influidas por el porno lésbico, que en mi opinión poco tiene que ver con la realidad. Por ejemplo: las mujeres heteros que nunca han practicado sexo lésbico a menudo quieren probarlo todo a la vez. Tan pronto quieren hacerte una comida como ponerse un *strap-on*.

Aparte de eso, el sexo lésbico suele seguir un patrón distinto al heterosexual: es más pausado y normalmente empieza con un masaje y un poco de besuqueo para luego pasar a ir desnudándose gradualmente. Y lo más importante de todo es que nada es obligatorio. Si cambias de opinión en mitad de la faena, no pasa nada. Trabajando de esto enseguida me di cuenta de la importancia de la comunicación, antes y durante el sexo. Quiero que mis clientas se sientan lo más cómodas posible. De hecho, eso es lo que me atrae del sexo, la posibilidad de ayudar a alguien a descubrir una nueva forma de intimidad desde su posición de control.
Algunas de mis clientas están en proceso de averiguar su identidad sexual, mientras que otras vienen a verme porque tienen dudas sobre la masturbación o sus cuerpos. Yo recomendaría a quien tenga inquietudes sobre sus preferencias sexuales que primero experimente con una profesional del sexo, simplemente porque ellas le darán todo el tiempo y el espacio que necesiten para explorar y averiguar qué les

El sueño, de Gustave Courbet

gusta. He tenido clientas que, después de una sesión conmigo, me han confesado que quieren reflexionar más respecto a su preferencia sexual.

Curiosamente, también he tenido clientas que nunca habían practicado sexo y querían practicar conmigo antes de acabar en la cama con alguien que tuviera las expectativas muy altas. Mi clienta más joven, por ejemplo, sabe desde hace mucho que es lesbiana pero todavía es virgen simplemente porque no sabe cómo desenvolverse en el aspecto sexual. Mi clienta de más edad tiene una historia similar: salió del armario a los 89 años y vino a verme porque quería saber cómo es el sexo con otra mujer.

Aunque no lo parezca, esas pocas horas pueden ser muy intensas para ambas partes, ya que muchas veces el sexo también abre las puertas a los verdaderos sentimientos de una persona

Hay otra clienta a la que nunca olvidaré. Había sido víctima de una violación. Me contó lo ocurrido y después las dos exploramos y descubrimos el cuerpo de la otra. Procuré que se sintiera cómoda e insistí en que no hiciera nada que no le apeteciera. Al principio, percibí que le costaba marcar límites, pero después de guiarla un poco, empezó a responder a mis preguntas, lo que nos permitió establecer qué le gustaba y qué no. Tuve oportunidad de ver cómo se sinceraba durante nuestra sesión y fue una experiencia maravillosa para las dos.

Para mí supone un honor increíble formar parte de un momento tan sensible y especial de la vida de alguien. Aunque no lo parezca, esas pocas horas pueden ser muy intensas para ambas partes, ya que muchas veces el sexo también abre las puertas a los verdaderos sentimientos de una persona. Puede llegar a ser una experiencia muy profunda.

La palabra lesbiana puede hacer referencia a una identidad, un deseo o una determinada conducta entre mujeres (Safo y Erina en un Jardín en Mitilene por Simeon Solomon).

Prostitución. Mujeres para hombres

<<La prostitución callejera y de carretera>>

Prostituta de carretera ofreciendo sus servicios a un cliente.

A Juan le faltaba entrevistar a tres prostitutas: Una de carretera, otra de agencia y la moderna "chica escorts" o, prostituta de lujo:

La primera, es la que más ruido está ocasionando. Conocía ese mundo porque lo veía, sabía que el precio oscilaba entre 10 a 20 euros. Nunca utilizó esos servicios, tenía ofertas sin tener que pagar y con chicas de su facultad. Aun así, tenía que saber más de todo lo que contenía ese gran debate. La mejor información es contratar a una de las profesionales y sacarle todo lo que pueda. Así lo hizo.
Ya tenía coche, imprescindible herramienta, para aproximarse y se dirigió a las afueras del centro y, muy pronto, encontró a una chica muy esbelta haciendo señales. Aparcó el coche y esperó la llegada de la chica, esta se presentó así:

--- Hola, me abres la puerta. Dijo la chica.

Juan abrió la puerta y la chica entró en el coche exclamando:

--- ¡Qué guapo eres! ¿A dónde vas? Dijo la chica

--- ¡Vengo a buscarte! Necesito hablar contigo. Quiero que me ayudes para el trabajo que tengo que hacer.

--- ¡Joder! ¿Qué quieres decirme, qué quieres de mí, qué tienes que hacer? No tienes cara de macarra.

Juan contó a la chica toda la historia que ya conoces, además, le dijo:

--- En una hora hay tiempo de sobra para que me respondas a las preguntas que te haga. ¿Cuán me vas a cobrar?

--- ¿Tan fea soy para que solo me quieras para hacerme preguntas, yo esperaba que me querías para otra cosa. Yo puedo hacerte lo que quieras y verás lo "a gusto" que te vas a quedar.

--- ¡No eres fea, todo lo contrario! Eres muy guapa, lo que pasa es que yo nunca estuve con una chica como tú, no sé cómo estar en esa situación, todavía menos en un coche y en una carretera.

--- ¿Yo no soy una chica como otra? ¡Soy una puta! ¿Tú eres maricón? ¡Vete a tomar por el culo! La chica intentó salir y Juan la agarró de un brazo y la detuvo diciéndole:

--- Perdóname, no era mi intención ofenderte, lo siento, no me he explicado bien. Quería decir, una vez conocidas las respuestas a mis preguntas puede que yo sienta interés en tener un romance contigo en otro escenario, te invitaría a cenar y a bailar y después, te llevaría a un hotel o a mi casa, si no está mi familia.

--- Y, qué tiene que pasar para eso.

--- Yo no soy maricón. Sí tengo miedo a los posibles contagios. Por eso, debo y quiero tomar precauciones. Tus respuestas pueden ser que este miedo cambie por deseo. ¿Comprendes?

--- Así así, tú eres muy "pijo", yo no soy de tu clase. Pero, me gustaría conocerte y estoy dispuesta a todo lo que venga. No te voy a cobrar nada, yo también tengo mi orgullo.

--- *¿Cómo te llamas? ¿cuántos años tienes?¿De dónde eres?*

--- Me llamo Lola, tengo 20 años, soy de aquí.

--- *Las feministas radicales quieren eliminar la prostitución. ¿Lo sabes? Dicen que los hombres explotan a las mujeres. ¿Tú eres una de las explotadas y forzadas a prostituirte en contra de tú voluntad o, eres libre y lo haces en libertad, sin que nadie te obligue? ¿Comprendes?*

---Yo entré en esto por culpa de las drogas, nadie me obligó, para comprar la droga tenía que tener dinero y mis padres no tienen para tanto y, por eso, me metí. Quiero salir, pero no sé cómo.

--- *¿Qué has hecho y en donde te has atrancado? Hay muchas asociaciones que ayudan a salir de la droga. No sé si yo te puedo ayudar, lo voy a intentar. Me das tu teléfono y te informaré.*

--- La verdad es que no he prestado mucha atención y, tampoco he tenido ninguna ayuda de nadie. Has sido tú el único que se ha ofrecido para ayudarme. Si lo haces, ¡Te comeré a besos! Quiero decirte una cosa, no sé si sabes que hay unas píldoras anticonceptivas que también son anti-SIDA y otras enfermedades. Me gustaría tenerte como amigo más que cliente.

--- *Sabes que hay amigos para todo y amigos ¿Qué tipo deamiga serías para mí?*

--- A mí me gustaría ser tu amiga para todo, todo.

--- *La última pregunta ¿Cuántas mujeres son forzadas y explotadas que tú conozcas y, ¿cuánto cobras por tú trabajo?*

En esta zona todas somos españolas, en los polígonos las hay extranjeras. No sé las cantidades. ¿Lo que cobro? Según, entre 20 a 30 euros, en el coche. Si es por tiempo, 50 euros la hora. .

¿Hemos empleado una hora, te tengo que pagar 50 euros?

--- ¡No me tienes que pagar nada! El día que quieras me llamas y me invitas a cenar y a bailar. No te avergonzarás de mí, me pondré mis mejores galas.

Juan quedó hablando con Lola y esta le pidió que la llevara a su casa. El resultado es el que la información que maneja el feminismo radical no se ajusta a lo que va comprobando en sus investigaciones. El feminismo centra su justificación para la abolición de la prostitución en la explotación del hombre a la mujer. Juan no ha observado que exista esa explotación. Sabía que la muestra no era significativa --- por el bajo número de la muestra --- para afirmar cualquier cifra. ¿Qué estadística tenía el feminismo para afirmar tan rotundamente que la explotación era la única causa de la prostitución? ¿Por qué omite las drogas?

Abordar el fenómeno de la prostitución no es nada fácil y se necesita superar varios obstáculos para enfrentar su naturaleza ilegal y parcialmente oculta. El consumo de drogas en las trabajadoras sexuales es un tema que pocas veces se ha explorado, aunque se da por hecho que existe una relación entre éste y la prostitución. Este consumo, sin embargo, es un problema social y de salud que afecta a las mujeres involucradas de manera directa.

La poca importancia que se le da a las llamadas trabajadoras sexuales como personas, a sus derechos, a sus condiciones de vida en general y de salud en particular, refleja de algún modo la visión predominante en los discursos de corte moral, legal y médico. El objetivo de este trabajo es presentar los resultados de la investigación sobre el consumo de drogas en mujeres dedicadas a la prostitución. Los métodos que Juan estaba aplicando fueron la metodología cualitativa y una serie de entrevistas a profundidad realizadas en un grupo de 14 mujeres. Todo esto, formaba parte de su tesis doctoral.

Dichas entrevistas se grabaron y tuvieron una duración aproximada de hora y media cada una. Resultados y conclusiones. Los resultados muestran que el medio que rodea a la prostitución en esta zona favorece el hecho de que las mujeres que la ejercen lleguen a consumir drogas. Casi todas las entrevistadas informaron que consumían alcohol y alguna otra droga. Los principales aspectos que influyen en este sentido, son los problemas a los que se enfrentan cotidianamente que les generan estrés, y que se ven sometidas, que hace de ellas un grupo vulnerable, pues están más expuestas a la violencia, al rechazo social y a la indiferencia institucional

Prostitución. Mujeres para hombres

<<Prostitución. Salas de masajes>>

Mujeres ofreciendo sus servicios a los clientes potenciales en agencias llamadas "salas de masajes"

Juan, entró en GOOGLE > escribió: escorts y aparecen muchas agencias de prostitución de lujo con mensajes como este:

<<*"Vuelve a disfrutar de la inocencia , la elegancia, el buen gusto y la satisfacción. Esta preciosa guía es toda una joven llena de dulzura e inocencia, con Ara, descubre un mundo de sensaciones. Amable, cercana y buena conversadora, desde el primer momento te sentirás acogido por ella. Ara es una joven universitaria, sus sensuales y delicadas facciones te cautivarán, mientras ella te guiará por su cuerpo. que destacan sus senos naturales, cara angelical y cuerpo que superan cualquiera de tus fantasías. Descubre la inocencia convertida en pasión. El difícil resistirse a esta delicia, en cuanto la vemos, nuestros instintos más carnales afloran nuestra piel convirtiendo este encuentro en el más deseado del año. Ella es Ara, inteligente y delicada joven, con tan solo 22 años, 1,69 de altura, 90-60-90 (senos-cintura-caderas) sabe cómo enloquecer a cualquier caballero al que muestre su desnudez">>*

El origen de las chicas: Diverso, españolas, caribeñas, eslavas, africanas. Las edades. De 18 a 28 años. ¡Todas son estudiantes!

Los precios: Según servicios. A)) media hora masaje y (…) 100 euros.

B) una hora (…) 200 Euros.

Juan consultó por teléfono los datos que quería conocer. Conclusión:

--- ¡La industria del sexo! ¡Trabajadoras sexuales! ¿Qué diferencia hay entre una trabajadora de Hotel y una trabajadora sexual?

La primera, su sueldo mensual no llega a los 1000 euros.

La segunda, su sueldo mensual puede alcanzar los 3000 euros.

¡Explotación! ¿Qué diferencia hay entre el Hotel y la sala de masajes?

Chica escort en su anuncio en las redes sociales.

Prostitución. Mujeres para hombres

<<Prostitución. Las chicas escorts>>

Juan quería buscar una chica independiente, no de agencia, para que contara con toda la libertad por qué ejerce la prostitución, si ha sido libre su decisión o ha sido por la explotación de la trata organizada por mafias o proxenetas.

Las redes sociales le dieron todo lo que pedía, además, con mucha abundancia. No todas las aproximaciones dieron resultado. Llegó lo que estaba buscando ¡Afrodita! ¿La diosa del amor? (…)

Juan tenía que saber de Afrodita. Entró en WIKIPEDIA y encontró mucho más de lo que esperaba, tenía que sintetizar mucho y dejar lo esencial:

Afrodita es, en la <u>mitología griega</u>, la <u>diosa</u> de la <u>belleza</u>, la <u>sensualidad</u> y el <u>amor</u>. Su equivalente romano es **<u>Venus</u>**. Aunque a menudo se alude a ella en la cultura moderna como «la diosa del amor», es importante señalar que antiguamente no se refería al amor en el sentido <u>romántico</u> sino <u>erótico</u>.

Pese a que en la mitología estaba casada con <u>Hefesto</u>, tuvo otros amantes, siendo <u>Ares</u> su favorito, y tuvo también relaciones con <u>Hermes</u> por solo mencionar. Junto a sus hermanos, ocupaba un lugar en el panteón entre los doce <u>dioses olímpicos</u>. De su nombre se desprenden acepciones, como la palabra *afrodisíaco*.

Juan quedó impresionado de la belleza de Afrodita y se decidió a establecer contacto con ella, así fue como empezó todo:

---- ¿Afrodita? Preguntó Juan.

--- Si, dime que quieres. Respondió Afrodita.

.

--- Necesito que me ayudes para mi tesis doctoral de mis estudios de sociología, para eso quiero hacerte una entrevista, en una hora

hay bastante tiempo. Para eso, lo podemos hacer vía teléfono, mensajes de voz o video llamada. Yo profiero que sea en vivo y en directo, quiero saber el precio que tengo que pagar. Mi trabajo está enfocado hacia el feminismo radical el LGTBI y la prostitución. ¿Qué me dices? Dijo Juan.

Afrodita quedó sorprendida y no sabía que responder a la llamada de Juan pidiéndole ayuda, en unos segundos decidió:

--- Perdóname unos segundos, no te retires.

Afrodita entró en GOOGLE pregunto por tesis doctoral y WIKIPEDIA le respondió: <"Una **tesis doctoral** es un trabajo de investigación original realizado por un estudiante, el *doctorando*, para obtener el grado de <u>doctor</u> por una institución académica. Para su aprobación, la tesis ha de ser defendida oralmente ante un tribunal de doctores.">

--- Discúlpame, ¿Qué te ayude? ¡Es la primera vez que un cliente me pide que le ayude! El tema me interesa, pero, antes de decirte que sí tengo que tomar medidas de seguridad, Sabes que hay muchos mequetrefes por este mundo, si quieres seguir en contacto debes de hacerme una video-llamada al número que te voy a mandar. Ahí, nos veremos en cuerpo entero, de pies a cabeza, no es necesario que te desnudes, yo tampoco lo estaré. Si no estamos de acuerdo con lo que vemos, no podemos seguir. Debes de poner cerca tu título y tu DNI delante para que yo lo vea. Si todo es correcto, no te preocupes por el precio que me debes de pagar.

Afrodita no esperaba esta oportunidad para poder decir lo que quería decir, pensaba: "Las feministas quieren quitarnos el trabajo. ¿Por qué? ¡Qué malo hacemos dando amor a quien le falta!
Esta llamada no era una más de las muchas que recibía, le llamó mucho la atención la voz y la forma de solicitar ayuda un hombre joven y culto, ella no estaba preparada para responder a ese tipo de llamadas, pensó que lo más acertado era enviarle el teléfono de conexión para la video llamada y le pediría que esperase 30 minutos para dar tiempo a los dos a presentarse ante la cámara.

No sabía que vestido ponerse, después de muchas pruebas se decidió por una minifalda y una blusa para aparentar los 20 años, además, ese conjunto mostraba toda su belleza. A la hora prevista apareció la imagen de Juan vestido con pantalón tejano y un polo de manga corta mostrando un cuerpo juvenil y atlético. Ambos, quedaron mudos e impresionados gratamente de ese encuentro. Juan mostró su título y su documento de identidad que se podía comprobar con la máxima claridad . La video llamada le mostró a Juan una imagen de una mujer bellísima. Quedó contemplando tanta belleza sin decir una sola palabra.

Afrodita, también, quedó impresionada de la belleza de Juan y, le dijo:

--- Te veo muy joven. ¿Cuántos años tienes? ¿24 o 25? ¿Mides más de 1,8 y menos de 1,9 verdad? ¿Tienes novia? ¡Todo lo visto está mejor de lo que esperaba! Dijo Afrodita.

--- Tengo 23 años, mido 1,86, no tengo novia, he tenido amigas y con ninguna aguanté un mes, quizás, no he buscado y, ha sido -- por eso, que no haya encontrado la mujer de mi vida.

Afrodita quería saber qué impresión le había causado a Juan el ver su cuerpo entero en directo

--- ¿Cómo me ves? Preguntó

--- ¡Bellísima!

--- ¿Quieres venir a verme?

--- ¿Cuándo? ¿Dónde? ¿A qué hora? ¿cuánto precio?

--- ja-ja-ja- cuando quieras, a dónde quieras y a la hora que quieras está en ti, los pasos a seguir. Dime el tiempo que tardas en venir o si prefieres que sea yo quien te visite. Ya sabemos dónde estamos. Así respondió Afrodita

Afrodita surge de la espuma del mar, coronada con exuberantes trenzas (El nacimiento de Venus, William-Adolphe Bouguereau,

--- Si lo ves posible, me gustaría que el encuentro se celebrara en un entorno romántico, por ejemplo: en la cafetería de un Hotel,

conversar, ir a cenar y después a bailar y, si todo va bien al Hotel hasta el día siguiente. ¿Qué te parece mi plan?

--- A las mujeres pocas veces se nos presentan oportunidades como esta, no puedo ni quiero rechazar tú propuesta, si quiero poner una condición para aceptarla. No sé los ingresos que tienes, solo sé que no sé nada de ti, para mí sería un placer conocerte de tu a tu en un escenario de igualdad y mi condición es de proponerte que paguemos al 50% los gastos.

--- La facultad me ha concedido una beca de investigación hasta hacer el doctorado y ejercer en calidad de profesor. Gano muy poco, pero tengo unos ahorrillos que no sé si serán suficientes para llevar a buen fin lo que ya sabes.

--- Te juro que es la primera vez que me ha pasado esto, te acabo de conocer y sin saber cómo ha sido, siento algo que no he sentido nunca, tal vez, es que esté necesitando enamorarme. Quizás, esto no te convenga ni te guste, pero ha sido así.

--- Hasta ahora, he conocido a muchas chicas compañeras de estudios y, las he visto muy feministas radicalizadas, este posicionamiento del rechazo total al hombre conlleva a que el macho con su instinto reproductor básico, dé marcha atrás y busque otras salidas a sus necesidades sexuales. De todo esto, te quería preguntar para saber lo que opina una mujer mal etiquetada por las mismas mujeres. Para mí, todos los que trabajan se prostituyen. No sé porque las mujeres quieren cambiar el trabajo de las mujeres.
No quiero que el asunto que me ha llevado hasta ti rompa la ilusión que estoy sintiendo por conocerte. Si quieres podemos cambiar mi plan y, ser yo quien responda a tus preguntas.

--- ¡No quiero que se rompa nada, no quiero que cambies nada! Lo que sí quiero es tener la oportunidad de amar y de ser amada, aunque sea una sola noche.

--- Si te parece bien, quedamos en la cafetería del Hotel Imperial está muy cerca de los dos, a las 19 horas de esta tarde, yo te he grabado en mi corazón y te daré un abrazo, no necesito que me digas que has llegado.

--- Estoy deseando que llegue esa hora. Respondió Afrodita.

Afrodita, estaba muy nerviosa no recordaba nada parecido, además, se encontraba muy ilusionada. No sabía que ponerse, todo lo mucho que tenía le parecía poco para esta ocasión.

15 minutos antes de la hora convenida se encontraba en el Hotel esperando la llegada de Juan. Se había colocado en una mesa que le permitía ver a todo el que entra y sale. Se había vestido con gran elegancia que armonizaba con su belleza. No podía ocultar su estado nervioso, no paraba de mirar el reloj. Pasados 10 minutos de su llegada 5 antes de la hora prevista entró por la puerta Juan.

Afrodita se puso en pie y salió en busca de Juan, este al mismo tiempo fue en busca de Afrodita. Los dos se fundieron en un fuerte y largo abrazo que se mantuvo durante varios minutos. Afrodita tomó la iniciativa para decirle a Juan:

--- En vivo y de cerca eres más bello que en la cámara de la video llamada, además, un doctor con 23 años, ¿Me vas a llevar a bailar? ¿Si encuentras a un amigo me vas a presentar? ? ¿Te avergonzarás de mí? ¿Cómo me vas a presentar

--- ¿Cómo te llamas? Te presentaría con tú nombre del DNI. ¿Qué diría? Esta es, tú nombre. ¡La más bella del mundo! Solo soy licenciado para ser doctor me falta mucho tiempo, ahora estoy empezando a investigar sobre el tema elegido y aprobado.

--- ¡Qué bonito, eres un cielo! ¿Te puedo dar un beso? Me llamo María Casares Martínez.

--- ¡Encantado! Quiero que seas tú quien conduzca el plan a seguir. Por mi parte, estoy libre y sin ningún compromiso, para hoy, mañana y pasado. Después, será otra cosa.

--- Me gustaría que no se rompa el día ni la noche, que no me preguntes nada de mí pasado, eso debemos de dejarlo para otro día. Hoy déjame soñar que existe el amor. Hasta hoy, nunca sentí nada de nada, para mí el amor no existía. Pensaba que yo no tenía derecho a sentir el amor y, menos todavía, poder ser amada por un hombre honrado y fiel, no tan brillante como tú, eso no está a mí alcance. Pero, déjame amarte, aunque sean dos días.

--- ¿Por qué dos días? ¿Por qué poner tiempo de caducidad a lo que vaya bien? ¿Deja que pase lo que tenga que pasar?

--- ¿Y si me enamoro de ti? ¿Cuándo te pierda, me será fácil olvidarte?

--- ¿Y si es al contrario? En cualquier caso, mis padres se divorciaron, más del 50% de las parejas que se unen terminan separándose y, no pasa nada, todo sigue igual.

--- Es verdad, tienes razón, ahora no debo de pensar en el mañana sino en hoy. ¡Quiero que me lleves a bailar a un sitio romántico! Me gustaría ser tratada como chica normal que has conocido en la universidad. Yo no pude estudiar, pues a los 14 años tenía que trabajar Hoy el destino me brinda una oportunidad que nunca volveré a tener. Y, es por eso, que la quiero disfrutar. ¿Te parece bien?

--- ¡Bien no, sino muy bien! Te voy a proponer dos opciones, para que tu elijas la que más te guste:
Primera.- la mejer discoteca, para jóvenes mayores.
Segunda.- Casa de mis padres, estoy solo, mi abuelo tiene una música romántica que me gusta mucho, está suscrito a SPOTIFY en sus grabaciones tiene una canción de Perry Como y de Julio Iglesias muy bonitas. Hay una que se titula <Y, yo te quiero así ... En una noche sin final...> ¿Qué prefieres?

--- Uuufff ¡Qué difícil me lo pones! ¿Déjame pensar?

--- ¡Otra más! Vamos a comer algo, después a la discoteca, después a mi casa. ¿Qué tal esta otra?

--- ¡Esta es la mejor! Tú elijes a dónde ir, a dónde llevarías a tú novia.

Juan, cuando salía con amigos/as tenían unos sitios donde se comía bien y a buen precio. Afrodita conocía el éxito de ese sitio, no lo había visitado, lo encontró muy acogedor y muy bien montado.
Juan le recomendó compartir dos platos, especialidad de esa casa. En el momento que repartían los platos y, de pronto, se presentaron dos amigas de Juan que con mucha sorpresa dijeron:

--- ¡Holaaaaaaaaaaaa que bien acompañado estas! Os importa que nos sentemos en vuestra mesa, está todo ocupado. Dijo Wiki la amiga rubia, que llevaba la voz cantante, rematando así. Quien es esta mujer tan guapa que no conocemos. A la que Juan respondió:

--- María, la mujer más bella del mundo y, Viki y Loli. Presentando a una y a otras respectivamente. Sí, podéis sentaros. Dijo Juan.

--- ¿Sois novios? Preguntó Wiki

--- No sé si María me aceptará como novio. Yo estaría encantado, tampoco sé si aprobaré el examen qué me hará.

--- ¡Vaya! ¿Esas tenemos? ¡El más guapo y más listo de la facultad no sabe ni confía en aprobar el examen de una mujer, habiendo tantas que estábamos locas por cazarte! Qué dice María ¿Sabías todo esto de Juan, que nos rechazó a todas que lo intentamos? Dijo Wiki

--- Espero tener más éxito, no sé si lo conseguiré. Dijo Afrodita María

Juan y Afrodita se despidieron de Wiki y Loli y se marcharon a la discoteca de moda. En la discoteca se encontraron a una pareja conocida de Juan, la chica (Eva) había tenido una relación amorosa con Juan de 3 meses, él (Mike) también amigo y compañero de estudios. El encuentro y la presentación se desarrolló exactamente igual que en el restaurante.

María se impresionó al entrar en casa de la familia de Juan, un piso muy grande en una zona residencial, todo muy ordenado y de gran calidad. Vista toda la casa Juan conecto el dispositivo musical que distribuía la música por todas las habitaciones. Seleccionó la música que prometió a Afrodita y la invitó a bailar. Al ritmo lento de la canción, Juan la fue conduciendo a su dormitorio y, muy suavemente, empezó a desnudarla, ella hizo lo mismo con él y, a los pocos minutos se encontraban abrazados en la cama viviendo una noche sin final.(…)

Al día siguiente, a las 11 de la mañana se despertó Juan, se levantó sin hacer ruido y se fue a la cocina a preparar el desayuno. Que llevó a la cama en la que Afrodita sé acabó de despertar, exclamando:

--- ¡Qué maravilloso! Es la primera vez que me traen el desayuno a la cama. No sé si esto es verdad o es un sueño del que no quiero despertar. ¿Cómo ha sido esto que estoy viviendo?

--- El destino, une y separa, todo lo que nace muere, son las leyes de la vida. Por eso, estas oportunidades que se nos presentan debemos aprovecharlas y disfrutarlas intensamente.

--- Qué tengo que hacer para que esto no se acabe. ¡Dímelo! Haré todo lo que me pidas para que no se rompa.

--- Yo no soy experto en nada, hasta ahora, toda mi vida ha sido estudiar y, en eso estoy. No te puedo aconsejar y, menos imponer. Tú debes de hacer lo que creas más conveniente para ti.

--- Ayer, me sorprendió como me presentaste a tus amigas, los hombres de hoy no saben ser caballeros, son "mequetrefes" han perdido el honor y la dignidad, gracias por ser como eres y que lo sigas siendo mientras vivas.

--- Mijaíl Bakunin, fue un teórico político, filósofo, sociólogo y revolucionario anarquista ruso. Está considerado uno de los padres de este pensamiento, dentro del cual propuso los planteamientos del anarcocolectivismo. Su legado marcó una fuerte influencia para el socialismo revolucionario,
el ateísmo militante, el movimiento obrero,
el anarcosindicalismo y los posicionamientos ético-
filosóficos y críticos del autoritarismo y el poder político. Entre otras muchas frases célebres decía:
<"La libertad, la moralidad y la dignidad del individuo consiste, precisamente, en que hacer el bien no porque esté forzado a hacerlo, sino porque libremente lo concibe, lo quiere y lo ama.">

--- Yo no estoy preparada para comprender esto que me dices. Sé que me enseñarás muchas cosas. Estoy preparada para contestar a lo que tú quieras saber de mi pasado. Temo que esto te aleje de mí. Pero, tengo que enfrentarme a la realidad, no debo retenerte porque tú te mereces a otra mujer.

--- De acuerdo, no te preguntaré nada. sí debes de saber que la construcción de mi tesis me obliga a investigar sobre los temas elegidos, ya te conté lo que quería de ti. Hoy no quiero que me cuentes nada de nada, solo debemos de hablar de amor y de pasión. Mañana te contaré lo que me ha pasado con una señora que necesitaba un donante de esperma para quedar embarazada, uno de mis profesores era amigo de su marido, este no confiaba en los bancos de semen y prefería a un donante conocido.

Al día siguiente, Afrodita se encontraba muy interesada en conocer la historia de la donación de semen de Juan y le preguntó:

--- Cuéntame qué paso en esa historia, ayer no me lo terminaste de contar, me tienes intrigada.

--- Mi profesor me habló del tema y acepté ser el donante pensando en que me masturbaría depositando el semen en un botecito. No fue así, el médico le dijo a la señora que había dos vías de introducir el semen donado, una de forma natural, la otra asistida. La señora optó por la vía natural, el médico me informó y yo acepté.
La señora es muy joven y muy bella y, dice que se ha enamorado de mí. Pronto sabremos si ha quedado embarazada.
¿Cómo se pueden tener dos hijos en menos de un año sin estar casado? ¡Mi abuelo, no me lo perdonará!

--- Conmigo no tendrás ese problema porque yo estoy "esterilizada" no puedo ser madre, pero he sentido que puedo amar. Hay una canción que canta el Cigala que dice: "Cómo se pueden querer a dos mujeres a la vez sin estar loco".

--- Otro de los nuevos movimientos sociales, dentro de la sexología, es el poliamor. Esta corriente está de moda en una parte de las parejas descontentas. Yo soy muy respetuoso con los gustos de los demás. Pero, hay algunas cosas nuevas que no me van, no sé si en esta la aceptaría, debo investigarla.

--- Algo sé del poliamor, a mí no me importaría ser una mujer de tu vida sabiendo que no soy la única. Tengo un apartamento muy bonito cerca de aquí, te recibiría con mucho amor. El próximo día que nos veamos lo conocerás. ¿Aceptas mi invitación?

--- Acepto la invitación, con una condición, me tienes que llamar tú y decirme el día y la hora que quieres que vaya, además, el resultado de lo que me cuentes de tú pasado no va a cambiar nada, sea lo que sea lo que me cuentes. A la otra vez, seré yo quien te llame para decirte que quiero verte y amarte.

Afrodita quedó muy contenta con el compromiso de Juan y le dijo:

--- ¿Quieres decir que vendrás a mi invitación y, que me pedirás venir otra vez? ¿Te diga lo que te diga no me vas a abandonar? Desde este momento estoy a tú disposición para lo quieras saber de mí.

--- ¿Cómo y cuándo? Entras en la prostitución. Debes decirme toda la verdad por muy dura que sea. Si no me dices la verdad mi

**trabajo no será válido por carecer de rigor científico.
¿Comprendes?**

--- Comprendo. Tenía 14 años, hoy 25, mis padres se divorciaron, soy
la mayor de 4 hermanos. Mi madre trabajaba todo lo que podía para
cuidar de nosotros. Uno de mis tíos me dijo:
**<Tienes que ayudar a tu madre, eres la mayor, yo tengo una
cafetería y en la cocina puedes trabajar, ya eres una mujercita.>**

En la cocina iba todo bien, ganaba poco, pero ayudaba a mi madre.
Mis tres hermanos, cada día necesitaban más, la hipoteca de la
vivienda, yo tenía 18 años y quería ganar más. Mi tío no me podía
pagar lo que yo aspiraba. Alternaba la cocina con las mesas, de
camarera, Muchos clientes me miraban y me piropeaban porque yo
tenía el mismo cuerpo que tengo hoy. Muchos me ofrecían amor.

En un día normal, uno de los clientes me propuso un trabajo. Me dijo:
**<Qué hace aquí en una cafetería una chica tan guapa de camarera
para ganar 600 euros al mes pudiendo ganar 6000 euros al mes>**

Yo le respondí**: ¿Qué hay que hacer para ganar tanto dinero?**

Y él me dijo: **Guarda esta tarjeta y me llamas, te explicaré todo lo
que tienes que hacer**. Así lo hice.

Al día siguiente lo llamé y me dijo que debía ir a su oficina para
explicarme con todo detalle lo que tenía que hacer. Todo lo que veía
era muy extraño, en las instalaciones había un escenario parecido a un
plató de televisión, al fondo unas oficinas, en donde estaba el que me
ofrecía trabajo y me preguntó: Por mi DNI vió que tenía cumplidos los
18 años y me dijo: **<Ya eres mayor de edad, te puedo hablar claro y
tú decides en libertad lo que prefieres.> ¿Estás de acuerdo?
Yo le dije que sí y él siguió: <Nuestra empresa se dedica a la
promoción de espectáculos, modelos, azafatas y chicas de
compañía llamadas escort.> ¿Comprendes? Y, el continuó:**

En los espectáculos, entra el cante, el baile y la interpretación. ¿Tu
destacas en alguna de estas actividades?? Tu cuerpo no es solicitado
por los modistos las prefieren más delgadas. Las azafatas se pagan
muy mal y por pocos días. Yo veo en ti una chica escort, muy bien
pagada. ¿Qué dices a esto?

--- No sabía que responder, al final le pregunté: ¿Qué es una chica escort? Y él me dijo. ¿Sabes lo que es una geisha? Yo le respondí que no y él me dijo. Una chica escort es lo más parecido a una geisha moderna. Tienes que meditarlo y mañana me das la respuesta.
Sali de esas oficinas, me fui a casa consulté al GOOGLE me envió a Wikipedia y esta decía:

<*"Aún existe cierta confusión, especialmente fuera de Japón, sobre la naturaleza de la profesión de las geishas.*

La geisha podía contraer matrimonio, pese a que la gran mayoría prefería retirarse antes de casarse, y podían tener hijos fuera del matrimonio. También ahora pueden ir a la universidad y se cree que son totalmente libres de elegir un novio o amante. Mientras que es conocido que los compromisos generalmente incluyen coquetear e incluso bromas sugerentes (no obstante, codificados en maneras tradicionales), todavía se mantiene el debate debido a cierto secretismo encubridor que trata como tabú el tema de las actividades sexuales y que se ve amparado por el propio hermetismo social japonés para discutir abiertamente temas de esta índole. Algunos afirman que nunca incluyen actividad sexual, que una geisha no es pagada por sexo y que algunas pueden elegir tener una relación que incluya el sexo con algún cliente fuera de su rol como tal. Sin embargo, tales afirmaciones siguen discutidas por otros que afirman lo opuesto.

Fue tradicional para las geishas tener un danna, o amante. Un danna era generalmente un hombre adinerado, algunas veces casado, que tenía recursos para financiar los costes del entrenamiento tradicional de la geisha y otros gastos considerables. Aunque una geisha y su danna podrían estar enamorados, la relación está sujeta a la capacidad del danna para entregar algún aporte financiero. Los valores y convenios ligados a este tipo de relaciones no son bien comprendidas, incluso entre los japoneses.

Se especula sobre la venta de la virginidad de las geishas y de su cuerpo a un solo cliente (hasta que el danna se cansara y entonces se buscaría otro). La publicación de la novela Memorias de una geisha *generó gran polémica sobre este tema, porque aumenta el debate sobre si las geishas venden o vendían su virginidad. Por el contrario, la ceremonia se celebraba poco antes del erikae y consistía en visitar a todos los clientes y clientas más cercanos, agradecerles el cuidado prestado durante el aprendizaje de la maiko y finalmente, entregar un dulce japonés a cambio de ayuda financiera."*>

--- Todo esto lo leí varias veces, lo consulté con mi madre y ella, no quería decidir mi futuro me dijo <*"Eres tú quien tiene que decidir"*> Después de darle muchas vueltas a mi cabeza decidí aceptar el trabajo. Así respondió Afrodita la pregunta de Juan.

--- Muy bien, no hace falta que te extiendas tanto en tus respuestas. El cómo fue está muy claro no hubo explotación la decisión la tomaste en plena libertad. Si hay un tema que me gustaría ampliar. ¿Cómo y cuánto cobrabas por tu trabajo?

--- Decían que yo cobraba un 60% de lo que pagaban. Pero eso no era verdad, me enteré y, me independicé. Ahora soy autónoma sé lo que cobro por lo que hago, selecciono mucho y ya no soy explotada.

--- ¿Si te ofrecieran un trabajo en un supermercado de cajera por 1000 euros al mes lo aceptarías y renunciarías a tu trabajo actual?

--- No puedo, tengo que pagar hipoteca de mi apartamento todavía me queda un año por pagar, tengo que ayudar a mi madre y a mis hermanos, yo no lo puedo dejar. Lo dejaría por amor. Para eso, vendería el apartamento, aceptaría ese trabajo de 1000 euros y me casaría aportando al matrimonio 600 euros al mes.

El abolicionismo radical, a diferencia del prohibicionismo, no toma en cuenta el criterio moral, sino que enfatiza el punto de vista de la prostituta como víctima de la dominación sexual masculina. Este no es tu caso. ¿Qué opinas del abolicionismo de la prostitución?

--- Lo que tiene que hacer el feminismo radical es luchar por eliminar a los traficantes de mujeres para forzarlas a ejercer la prostitución. Lo que no se puede es prohibir que un hombre y una mujer pacten un servicio en plena libertad. Esta persecución contra las mujeres que se prostituyen para los hombres, no es la misma que la que emplean contra las mujeres --- lesbianas --- que se prostituyen para las mujeres. Ni tampoco para perseguir a los hombres que se prostituyen para las mujeres. ¿Cómo explican este comportamiento? Además, Sé ve claramente que las mujeres quieren quitarnos para que sus hombres no vengan a por nosotras. ¿Es eliminar a la competencia en un mercado libre! ¿Eso es un delito, pregunto?

--- No sé sí es un delito, o no, lo que sí sé es que lo has bordado, todo lo que quería saber lo tengo. No podía prever que tú fueses capaz de cambiar tu calidad de vida por amor, eso te honra.
No te olvides de que me debes una llamada.

--- Te llamaré, ¡Cuídate y no seas malo! Afrodita se tumbó en el sofá cerrando los ojos y a meditar sobre lo que le había mentido a Juan. Le dijo que estaba "esterilizada" que no podía tener hijos. Era mentira, no

era una mujer estéril, no quería que Juan supiera que ella quería tener un hijo con Juan. Tomaba unas pastillas anticonceptivas, que dejaría de tomarlas en los días que esté con Juan. Quería ser madre, no lo podía evitar. Pero, no con cualquier hombre. Juan apareció en su vida de una forma muy especial.
Afrodita, recordó su pasado, había conocido a muchos hombres, ninguna se podía comparar con Juan. Era el momento de quedar embarazada de Juan. Había ganado mucho dinero y, era el momento de retirarse, montaría un pequeño negocio que le permitirá vivir.
Se cambiaría de ciudad, para emprender su nueva vida. Pensaba que el romance con Juan no se podrá mantener por mucho tiempo y, a esperar otra oportunidad. Le contará a Juan --- mañana --- la decisión que ha tomado, desde éste mismo día abandonará su trabajo como "chica escort" Montaría una cafetería con su madre y hermanos.

Al día siguiente, Afrodita no podía esperar más sin hablar con Juan, le llamó para decirle:

--- ¿Qué haces, ¿qué piensas, estás dispuesto a venir a verme?

--- *¿Qué puedo hacer? ¡Pensar en ti y dispuesto a ir a verte en media hora!*

--- ¡Me das una gran alegría, he pensado en que ya me has olvidado!

--- *¡Todo lo contrario, no he dejado un solo momento de pensar en ti! Esos ojos y ese cuerpo se han metido dentro de mí. Ni puedo, ni sé cómo hacerlo, ni quiero que salga.*

--- Quiero contarte muchas cosas. También he preparado un postre espero que te guste.

Juan quedó sorprendido del apartamento de Afrodita. Esta le contó que lo tiene vendido, pagará el resto de hipoteca y con la diferencia se comprará otro más económico. Guardará los ahorros que tiene para montar una cafetería restaurante para toda la familia, su madre es muy buena cocinera y sus hermanos serán los camareros y todos harán de todo. Desde que conoció a Juan abandonó su trabajo de chica escort. Juan le contó que su abuelo le ha regalado un apartamento que su madre le ayudará a decorarlo. Le prometió que sería ella la que estrenara dicho apartamento.

7 los vientres de alquiler

la gestación subrogada

Se abre de nuevo un debate que nunca ha dejado de estar candente,
el de la gestación subrogada. Con tan solo definirlo ya se evidencia la
división de opiniones. Algunos consideran que "se denigra a la mujer",
mientras que otros opinan que "es un derecho".
Con la gestación subrogada se ofrece otra vía a la paternidad. Para
Alberto era algo utópico, pero hace dos años llegó a su vida Gonzalo.
"Regulando la gestación subrogada en España evitas que un español
se tenga que ir a otro país a tener a su hijo y que tengan que estar
alejados de su familia cuando nace un bebé", afirma.
En la mayoría de países de Europa no está permitida, en algunos está
expresamente prohibida y en otros no existe legislación en la materia.
Se estima que cada año nacen en todo el mundo alrededor de 20.000
niños a través de esta técnica de reproducción asistida. Pero de
momento ni España ni Bruselas han mostrado una normativa firme.

Juan no sabía mucho sobre los vientres de alquiler. Sí sabía, el
enorme ruido que las feministas radicales utilizaban por afirmar que
todo es explotación del hombre contra la mujer. Algunas asociaciones
feministas llamaban "granjas de mujeres"
Le habían presentado a un compañero de su madre que había ido a
Ucrania para contratar los servicios de gestación subrogada. Antes de
la entrevista, Juan tenía que saber más de este asunto tan delicado.
Se fue directo a WIKIPEDIA que le informó de lo que él quería:

**<<La Maternidad subrogada formalmente gestación subrogada,
es la práctica por la que, previo acuerdo con otra persona o
pareja, una persona queda embarazada, lleva la gestación a
término y da a luz a un bebé para esa otra persona o pareja, las
cuales se convierten en progenitores del bebé>>.**

Desde su comienzo como práctica comercial en los años 1970, la
gestación subrogada suscita fuertes controversias éticas, legales y
sociales. Las distintas posiciones respecto a la subrogación se
diferencian principalmente entre aquellas que la consideran como el
ejercicio de la <u>libertad individual</u> y las que la consideran una forma
de <u>explotación</u> relacionada con cuestiones de <u>clase social</u>, <u>etnia</u> y <u>raza</u>.

La situación legal de esta práctica es diferenciada y va desde la prohibición expresa hasta la reglamentación detallada, pasando por la ausencia de legislación que la mencione de manera directa en algunos países.

Tipos. Tradicional o gestacional

Hay dos tipos de subrogación según la relación genética de la madre gestante con el hijo: la **subrogación tradicional** (o parcial) y la **subrogación gestacional** (o plena). En la subrogación tradicional la madre gestante aporta sus propios óvulos y, por lo tanto, tiene una relación genética directa con el hijo. La fecundación se puede realizar de forma natural o, como es más habitual en la actualidad, mediante inseminación artificial. En la subrogación gestacional la madre gestante no tiene relación genética directa con el hijo. En este caso se utiliza la fecundación in vitro con óvulos y esperma de terceros. Normalmente el esperma es aportado por el padre intencional mientras que los óvulos los aporta la madre intencional o una donante.

Actualmente la subrogación gestacional es más común en los acuerdos comerciales ya que presenta un menor riesgo de que la madre gestante pueda obtener la filiación legal del hijo en caso de disputa.

En España los contratos de gestación por sustitución son nulos de pleno derecho, de manera que la filiación corresponde a los padres biológicos, según el artículo 10 de la Ley 14/2006, de 26 de mayo, sobre técnicas de reproducción humana asistida. Sin embargo, en España, la filiación de un niño nacido mediante gestación subrogada, a favor de los padres intencionales es posible si se cumplen una serie de requisitos recogidos en la Instrucción del 5 de octubre de 2010 de la Dirección General de los Registros y del Notariado, sobre el régimen registral de la filiación de los nacidos mediante gestación por sustitución.

En España es a partir del denominado caso cero en 2009 cuando cobra relevancia por la universalización de su práctica y porque ha dejado de ser un procedimiento reproductivo que se ocultaba, a veces incluso a la propia familia.

Dos sentencias del Tribunal de Derechos Humanos de Estrasburgo de 26 de junio de 2014 obligarían al Ministerio de Justicia a dar la orden a los consulados de España de volver a inscribir en el registro civil a bebés nacidos por gestación subrogada en el extranjero después de que el Tribunal Supremo dictase una sentencia en febrero del mismo año por la cual los bebés nacidos mediante esta técnica no podían ser inscritos como españoles por no ser legal esta práctica de reproducción en España. El mismo tribunal, el 20 de octubre de 2016, dio un paso más allá y falló a favor de reconocer la equiparación de derechos laborales de los padres de hijos nacidos mediante la técnica de gestación subrogada en el extranjero, reconociendo por primera vez su derecho a cobrar las prestaciones por maternidad de la Seguridad Social.

El 19 de mayo de 2017, el Comité de Bioética de España publicó un informe sobre los aspectos éticos y jurídicos de la maternidad subrogada y su conclusión fue la del rechazo a esta práctica basándose en razones éticas y en sentencias del Tribunal Supremo contra la inscripción de bebés nacidos mediante esta práctica, aunque obviando otras sentencias posteriores del mismo tribunal en sentido contrario. Como destaca el profesor. de Verdad, el Informe se muestra, contoda claridad, en favor de mantener la nulidad del contrato de gestación por sustitución establecida en el art. 10.1 de la Ley 14/2006, por entender que dicho contrato es contrario a la dignidad de la mujer y al interés superior del niño. Dice, así, que atenta "contra la dignidad de la mujer porque permite que su cuerpo se convierta durante nueve meses en mero instrumento para satisfacer los deseos de otros. Así sucede en todo caso en la maternidad subrogada comercial, pero también (para la mayoría de los miembros de esta comisión) en la altruista. En ambas modalidades el parto supone la ruptura del vínculo humano más fuerte que pueda existir, como es el que une a una madre con su hijo, porque está basado tanto en la voluntad como en el cuerpo. También atenta contra el interés superior del niño porque rompe su vínculo materno tras el parto y le expone a un riesgo frecuente y grave de cosificación". Pero, además, llama la atención al Estado sobre la necesidad de intervenir para garantizar "la nulidad de los contratos de gestación subrogada independientemente del lugar en que se celebren". Denuncia que "Aprovechando las leyes permisivas de algunos países, ciudadanos españoles celebran este tipo de contratos en el extranjero y, a continuación, logran inscribir la filiación de los niños obtenidos por esta vía en el Registro Civil de España" y constata que "Este tipo de contratos e inscripciones contradicen el parecer del Tribunal Supremo, que se manifestó sobre este asunto en 2014 y 2015, declarando su nulidad y los demás efectos que esta comporta". Ante ello recomienda que España promueva en la Comunidad Internacional medidas tendentes a lograr una prohibición universal de la maternidad subrogada y acometa una reforma legal orientada a conseguir "que la nulidad de esos contratos sea también aplicable a aquellos celebrados en el extranjero, refiriéndose concretamente a "la posibilidad de sancionar a las agencias que se dedicaran a esta actividad".

Ucrania

La maternidad subrogada, incluso la comercial, es plenamente legal en Ucrania. El nuevo Código de Familia de Ucrania (art. 123, punto 2) dispone que, en caso de que el embrión generado por los cónyuges sea transferido a otra mujer, precisamente los cónyuges serán los padres del niño, incluso en los programas de gestación por sustitución. El punto 3 de dicho artículo consagra a los cónyuges la posibilidad de realizar la fecundación in vitro con ovocitos donados. En cualquier caso, se considerará que el embrión procede de los cónyuges. De tal modo, habiendo dado su consentimiento a la aplicación de las técnicas de reproducción asistida, los cónyuges ejercerán sin limitación alguna la patria potestad sobre los niños nacidos a consecuencia de dichas técnicas. El aspecto médico de esta cuestión viene regulado por la Orden del Ministerio de Salud de Ucrania nº 771, del 23 de diciembre de 2008.

En 2013, la Resolución del Ministerio de Salud de Ucrania N.º 771 perdió su fuerza al promulgarse una nueva ley. Ahora la gestación subrogada y la donación de óvulos en Ucrania están reguladas por la Resolución del Ministerio de Salud de Ucrania N.º 787.

Después del nacimiento la pareja obtiene el certificado ucraniano de nacimiento, en el cual los dos constan como padre y madre. En caso de que han recurrido a una donación, no tiene importancia alguna la relación genética incompleta con el nacido. Si la relación genética es solo con el padre de intención, la gestante deberá renunciar a su maternidad, para que la madre de intención pudiera adoptar al bebé.

Si ninguno de los padres pudiera aportar los gametos, la gestación subrogada no se podría llevar a cabo, ya que tendría que tener vínculo genético con al menos uno de los cónyuges, normalmente, el padre. Asimismo, estaría prohibida para parejas homosexuales y madres o padres

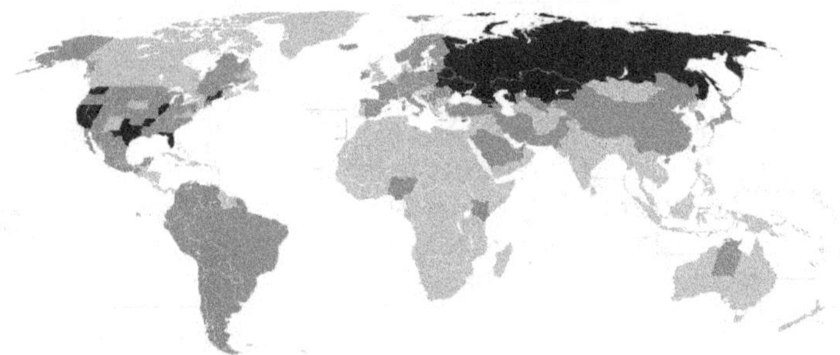

Regulación legal de la gestación subrogada en el mundo:
Legal las formas retribuida y altruista
Sin regulación legal
Legal solo de forma altruista
Permitida entre familiares hasta segundo grado deconsanguinidad
Prohibida
No regulada/situación incierta

Federación Rusa

La maternidad subrogada, incluso la comercial, es legal en Rusia y es accesible para prácticamente todos los mayores de edad que desean ser padres. Incluido parejas heterosexuales casadas, no casadas, solteros y solteras. Hay ciertas indicaciones médicas para acudir a la gestación por sustitución: ausencia del útero, malformaciones del útero o del cérvix, sinequia uterina, enfermedades somáticas en las cuales está contraindicado el embarazo, reiterados intentos fallidos de FIV cuando se generan embriones de alta calidad, pero, una vez transferidos, no se consigue el embarazo.

En Rusia el primer programa de gestación por sustitución fue llevado a cabo en 1995 en el Centro de FIV adjunto al Instituto de Obstetricia y Ginecología de San Petersburgo. En general, los rusos ven con buenos ojos la gestación subrogada: los recientes casos de un célebre cantante y una famosa mujer de negocios que acudieron abiertamente a gestantes recibieron una cobertura mediática favorable.

Algunas mujeres rusas como Ekaterina Zakharova, Natalija Klimova, y Lamara Kelesheva fueron abuelas mediante programas de fecundación post mortem: sus nietos fueron concebidos y gestados por madres de alquiler después de que fallecieran sus hijos.

La inscripción registral de los niños nacidos a través de la maternidad subrogada se rige por el Código de Familia de Rusia (artículos 51 y 52) y la Ley de Actos del Estado Civil (artículo 16). La gestante tiene que dar su consentimiento para que sea registrado el nacido. No se requiere para tal efecto ni una resolución judicial ni el procedimiento de adopción. El nombre de la gestante nunca consta en el certificado de nacimiento. No es obligatorio que el niño tenga el vínculo genético con por lo menos uno de sus padres comitentes.

Los niños nacidos de vientres de alquiler por encargo de personas solteras o parejas de hecho heterosexuales se inscriben por analogía de ley (artículo 5 del Código de Familia), para lo cual puede necesitarse una resolución judicial. El 5 de agosto de 2009 un juzgado de San Petersburgo resolvió de forma definitiva los debates sobre si una mujer soltera puede recurrir a la gestación por sustitución, obligando al Registro Civil a inscribir a Natalia Gorskaya, de 35 años de edad, como la madre de su "hijo probeta".

Juan quedó con Pablo en la cafetería cercana a la casa de Pablo. Querían estar solos para poder expresarse con la máxima libertad. Juan empezó así:

--- *Muchas gracias, por haberte prestado a contarme tu historia en Ucrania y la gestión del alquiler de vientres. ¿Cómo empezó todo?*

 --- Tú madre te ha contado que me casé hace 10 años y nuestra intención era tener varios hijos. Tras pasar el tiempo, y no quedar embazada, optamos por las clínicas de fertilidad. Ante muchas pruebas, todas salieron negativas, mi mujer no podía tener hijos. El final fue buscar en Rusia o Ucrania el vientre de alquiler. Por mediación de una agencia en internet optamos por Ucrania y, allá fuimos. Dijo Pablo.

--- *Me gustaría que, a partir de aquí, me contaras con todo detalle de los siguientes pasos. ¿Comprendes? Y Pablo respondió:*

--- De acuerdo, **Kiev** es la capital y la mayor ciudad de <u>Ucrania</u>, con una población de 2 954 300 habitantes y aproximadamente 3 650 000 en su área metropolitana. Es un importante centro industrial, científico, educativo, cultural e histórico, además de sede de muchas industrias de alta tecnología. Kiev dispone de una amplia infraestructura, en la que se incluye <u>su sistema de transporte público</u> del que forma parte el <u>Metro de Kiev</u>, el sistema de metro más profundo del mundo, alcanzando los 105 metros de profundidad.

Plaza de la independencia, centro de Kiev

La <u>Plaza de la Independencia</u> y la calle <u>Jreshchátyk</u>, ubicadas en el centro de la ciudad, se convierten en lugares fiesta al aire libre por la noche durante los meses de verano, con miles de personas que disfrutan del buen tiempo en restaurantes de la zona, clubes y cafés al aire libre. Las calles del centro están cerradas al tráfico los fines de semana y días festivos. La calle <u>Andriivskiy Uzviz</u> es una de las calles con más importancia histórica, donde se encuentran el castillo de Ricardo Corazón de León, la <u>iglesia de San Andrés</u>, la casa del escritor <u>Mijaíl Bulgákov</u>, el monumento a <u>Yaroslav I el Sabio</u> y muchos otros monumentos.

En el centro de la ciudad, se encontraba la clínica de fertilidad que buscábamos. Nos mostraron un catálogo con fotos y un video de las chicas que se ofrecían para la gestación. Fue María, quien eligió a una chica eslava, rubia con los ojos azules. ¡Bellísima! de 25 años.
La chica, aparecería una vez extraído el semen. (…) . Así finalizó Pablo su larga exposición. A la que Juan volvió a preguntar.

--- Y, ¿Qué pasó?

--- Me pasaron a una habitación muy bien decorada y apareció la chica que habíamos elegido, aún más bella que en las fotos y el video vestida con una sola bata larga mostrando su espectacular belleza.

--- ¡Sigue! ¿Cómo fue? ¿Qué pasó?

--- La chica traía un bote de plástico en la mano y, me insinuó, sí quería el bote o, si prefería hacerlo al natural, abrió la bata y mostró su bellísimo cuerpo. ¡Qué podía hacer! Respondió Pablo.

--- Y, después, ¿Qué pasó? ¡Me tienes intrigado!

--- Yo salí por un lado y ella quedó en la habitación, al juntarme con mi mujer esta me preguntó. ¿Dónde está el semen? Yo le dije que un enfermero o médico me lo pidió y yo se lo entregué.

--- ¡El semen quedó en la vagina de la chica!

--- ¡Pues claro! ¿En dónde iba a estar? Con muchos apuros el enfermero o médico me quiso decir que las chicas prefieren inyectarse el semen por la vía natural que por inseminación.
En la clínica, nos informaron que lo mejor en estos casos, es que la donante del vientre se encuentre cerca de la pareja. La enorme distancia de Ucrania con España así lo aconseja, además, se dan muchos casos de que las parejas abandonan el compromiso y, las chicas, se ven obligadas bien al aborto o a vender el bebé.
Fue mi mujer quien me dijo que yo le podía ofrecer un trabajo en el negocio que tenemos y así la tendríamos muy cerca. Y, fue por eso, que le hice un contrato de trabajo para tenerla cerca.

--- Bien, ya está en España. ¿Y qué pasó hasta hoy?

--- No sé hasta dónde sabes de mi historia. Desde el primer momento que la vi en directo sentí un flechazo muy fuerte, no podía olvidarla en un solo momento. Tatiana lo comprendió.
Yo intenté que María no se enterara de que me había enamorado de Tatiana. Nos veíamos casi todos los días. A los 3 meses pasó lo que tenía que pasar. María creía que yo era un hombre diferente a los demás y, lo pasó muy mal, llegó el divorcio y así fue.

--- Yo no veo por ninguna parte que esta historia de amor tenga nada de explotación ni de trata, ni de prostitución, además, en muchos países está regulado. Tatiana fue libre a prestar un servicio y cobrar por ello. Otra cosa, es que la hubiesen forzado hacer lo que hizo.

--- La misma agencia que nos buscó la clínica, también se ocupa de buscar marido a muchas mujeres de Ucrania. Estas, son muy exigentes, lo primero que exigen es conocerte y examinarte, de pies a cabeza, además, que calidad de vida le ofreces. Si no pasas la primera prueba no vendrán a España. Mi historia es muy criticada por el feminismo. ¿Qué hubiese pasado, si mi semen no es válido y mi mujer busca un donante y se enamora del donante? ¡Las feministas lo ocultarían!
--- De ese tema tengo que hacer lo mismo. Con el banco de semen terminaré la captura de datos para construir mi tesis. Te doy las gracias, una vez más, por tu información.[2]

____

[2] *los avances en la tecnología de reproducción asistida, como la donación de óvulos y gestación subrogada, ha introducido a una nueva cohorte de padres y*

8 los bancos de semen

la donación de esperma[1]

Juan se encuentra en la fase final de su búsqueda de datos. Los bancos de semen no es tema de debate para las feministas radicales y, menos todavía, por ser ellas las que lo utilizan. Para Juan, tenía el mismo interés que la prostitución. Y, es por eso, que lo primero que tenía que hacer era mejorar su información. Una vez más, fue a WIKIPEDIA para saber más.

<<"La donación de esperma es el acto mediante el cual un varón cede voluntariamente, en general de manera anónima y gratuita, su semen, es decir sus espermatozoides y material reproductivo para ayudar a otras personas que no pueden procrear por la vía natural y lo necesitan para ser utilizado en un proceso de _reproducción asistida_, o que prefieren no recurrir a la vía natural por diversos motivos">>.

En el mismo día, y en la misma ciudad, se encontraban: Pedro y Marta, matrimonio sin hijos después de 10 años de matrimonio. Habían agotado todas las pruebas de fertilidad, la conclusión fue la misma en las tres clínicas consultadas. El esperma de Pedro no era válido.

Marta no quería presionar a su marido, pero, las recomendaciones de las clínicas eran evidentes: había que recurrir a la donación de esperma. Fue Pedro quien tomó la iniciativa y le propuso a Marta:

--- Querida Marta, queremos tener por lo menos un hijo, aún es tiempo, no tenemos más opciones que los bancos de semen, mañana vamos a visitar uno que dicen que el semen es de estudiantes. ¿Te parece bien? Le dijo Pedro a Marta.

--- Lo veo muy bien, más si tú estás de acuerdo. Respondió Marta. .

1nuevas constelaciones familiares. Dentro del contexto apropiado (asesoramiento, implicación, protocolos de detección de anomalías), generalmente se experimenta como un procedimiento positivo, lo cual es comprensible ya que es su única oportunidad de ser padres. Además, las relaciones con la gestante subrogada son buenas en general y se mantienen a lo largo del tiempo. Sin embargo, en algunas ocasiones surgen dificultades, sobre todo en caso de que el padre se enamore de la donante del vientre. Si bien tal situación es poco frecuente.

La visita al banco de semen no resultó satisfactoria para ninguno de los dos. Fue Pedro quien se dirigió a Marta para decirle:

--- Lo que vimos ayer no me ofrece garantías, todo lo que tienen es de estudiantes, muy listos y muy buenas personas. ¿Y, si hay también de drogadictos y ladrones?? ¡No me fío nada de esto! ¡Tenemos que ser nosotros quien elija al donante!!

--- ¿Qué piensas hacer? Le preguntó Marta a su marido.

--- Nuestro amigo Fernando es profesor de Sociología, él nos puede encontrar un chico de su confianza. Le llamaré a ver qué me dice. Así le respondió Pedro. Tras haber visto lo siguiente:

Elección del donante

<La elección del donante es un proceso realizado por la clínica de

fertilidad o el banco de esperma. En ningún caso el donante puede ser

elegido por la o los pacientes que van a recibir la donación.

Solo en algunos estados de Estados Unidos se puede elegir un donante «a la carta». Allí existen catálogos en los cuales se pueden ver fotos de los donantes cuando eran bebés y conocer su nivel intelectual y estudios. Esto no implica de ninguna manera la elección de un hijo «a la carta», ya que en la lotería de la herencia genética, un espermatozoide y un óvulo, un varón y una mujer, contribuyen conjuntamente al engendramiento de un tercer individuo cuyas características genéticas son imprevisibles e irreductibles a la de sus genitores.

En el resto de los países elegir al donante resulta imposible ya que la ley protege la identidad de todo donante que acude a un banco de esperma y no se pueden elegir ni las características ni conocerlo.

Los datos del donante quedan registrados en la clínica por cualquier eventualidad futura, pero ni la mujer que recibe la muestra ni el hombre que dona el esperma pueden saber nada del otro.

En España no se pueden elegir las características del donante ni conocerlo. La Ley 35/88, en el artículo 5º que permite la contribución de donantes aclara específicamente que « la elección del donante es responsabilidad únicamente del equipo médico que realiza la técnica de Reproducción Asistida»

En Argentina la receptora no posee ningún dato sobre el donante, solo lo saben los médicos que realizan la inseminación o fertilización in vitro.

Cada muestra de esperma se clasifica con un número que se ingresa a un programa que hace un cruzamiento de datos para elegir al donante más compatible en función de las características físicas de la receptora o la pareja receptora con el objetivo de emparejar el fenotipo y aspecto físico de donantes y pacientes.

Se busca una homologación fenotípica con la receptora o el marido de la receptora. Se intenta que sea compatible en grupo sanguíneo y que el color de piel, cabello y altura sea parecido a los de la receptora o su marido.">

Pedro llamó a su amigo Fernando, le contó lo que ya conocía, por conversaciones anteriores, su amigo Fernando le dijo que hablaría con Juan García y que, si este acepta, se lo presentaría. Fernando Habló con Juan y este la dijo:

--- Profe, no me puedo negar a lo que me pidas, me has ayudado mucho y, si puedo contribuir en aportar felicidad a unos amigos tuyos lo haré con mucho gusto, además, esto me facilitará información para mi tesis. Así le respondió Juan a su profesor. Fernando, Este a su vez llamó a Pedro para decirle:

--- Hola Pedro, te voy a dar una buena noticia, mi amigo, compañero y alumno Juan García López está preparando su tesis doctoral. En una ocasión te comenté que un estudiante de nuestra facultad había conseguido el mejor expediente académico --- hasta ahora --- Es un hombre extraordinario en todos los aspectos, tiene 23 años, mide cerca de 190 cms. Es lo que cualquier madre quiere para su hija.

Me dice, que le llames por teléfono que te daré, para decirle el día y hora y a dónde tiene que ir para la donación del esperma.

--- Muchas gracias Fernando, le llamaré y te informaré de los resultados.

15 minutos antes del día de la donación, Juan se encontraba en la clínica de fertilidad asistida. Se presentó para conocer los detalles de lo que tenía que hacer. La chica de la atención al cliente le informó de que si necesitaba algún estimulo podía poner el televisor en funcionamiento y ver escenas eróticas. (…) Juan, debía de esperar en esa sala, la ley no permite que el donante vea a la receptora, salvo, en raras excepciones. Juan quedó a la espera de ser llamado para recibir instrucciones.

A la hora prevista, se presentaron Pedro y Marta en la clínica. Pedro fue llamado para ser entrevistado por el médico que realizaría la inseminación. La entrevista empezó así:

--- *<Usted sabe mejor que nadie, las vueltas que le ha dado a su cabeza con este asunto que nos ocupa. Yo le tengo que aconsejar que se ausente, que se vaya a dar un paseo y que vuelva cundo pasen dos horas. Confíe en que todo va a salir bien y, que su mujer va a salir embarazada y a los 9 meses tendrá un bebé. También sabe que las leyes en España son muy diferentes a las de otros países y, hay cosas que hacemos sin que se puedan hacer.(…)*

Hágame caso y váyase a dar un paseo tomar una copa y volver a las dos horas. Dígale a su esposa que se le ha olvidado un documento necesario y que pronto volverá. Esto fue lo que le dijo el médico a Pedro.

Pedro cumplió todo lo que le dijo el médico, salió y Marta quedó a la espera de ser llamada. A los pocos minutos Marta fue llamada a la consulta del médico y, este le dijo:

<"Usted debe de saber que, hay dos vías para conseguir que se produzca el embarazo deseado. La primera, la natural. La segunda, la asistida, para eso estoy yo. En la vía natural usted no va a tener dolor, todo lo contrario, puede tener placer. En la segunda, puede tener un poco de dolor, nunca placer. Además, su marido tenía muchas dudas respecto al origen de los donantes, de las posibles manipulaciones y falsificaciones de los datos de los donantes. Por la vía natural todas estas dudas desaparecen. Pero, no todo es lo mejor, hay veces, que la receptora, como es usted, se enamora del donante. ¿Qué puede pasar? ¿Es malo o puede ser bueno? ¿Si el padre biológico es responsable y quiere seguir la pista de su hijo? (…) ¡Usted es la que debe de decidir que vía prefiere, tómese unos minutos para elegir! Dijo el médico.

--- Ya tengo la decisión, quiero la vía natural, pero tengo miedo a que mi marido se entere. Respondió Marta.

--- *<Por nuestra parte, nunca se enterará. Solo se puede enterar si lo cuenta usted o el donante. Me olvidé decirle que el donante no sabe nada de lo que le estoy diciendo, él cree que se tiene que masturbar y meter el semen en un bote. Usted debe de ser hábil y conducirlo a su terreno, el éxito está garantizado por su extraordinario atractivo, solo con verla se excitará. Los hombres somos muy vulnerables ante la belleza de la mujer, perdemos el*

honor por el instinto de reproducción que llevamos dentro. Respondió el médico.

--- Muchas gracias por todo doctor, espero que Dios me ayude. Agradecida, se despidió Marta.

Marta pasó de la consulta del médico a una sala muy bien decorada con poca luz y una cama bien vestida. Examinó con detalle todo lo que había en la habitación. Se miró al espejo y se encontró como siempre, muy bella, no había cumplido los 30 años. Estaba muy excitada esperando la entrada de Juan.

El médico, salió de su consulta y se pasó a la sala en donde se encontraba Juan. Se presentó así:

--- ***<Soy el médico responsable de esta clínica de asistencia. La señora receptora del esperma que usted le va a donar, quiere que la introducción se realice por la vía natural, se lo he recomendado para evitar el dolor y molestias que producen la inseminación artificial. Usted se puede negar, estaría en su derecho, yo le aconsejo que colabore con la señora para que se produzca un "final feliz" en esta ocasión. Marta le espera en la habitación que hay al salir de esta, la primera a la derecha. ¿No sé si me ha entendido?>*** Le dijo el médico a Juan.

--- Le he entendido perfectamente, voy a colaborar en todo lo que me pida, para mi será un placer ayudar y dar felicidad a quien lo necesite. Y, sobre todo, si es una mujer bella. ¡Soy un hombre soltero y sin compromiso! .Haré lo que ella quiera que haga. Respondió Juan.

Marta se encontraba muy nerviosa esperando la llegada de Juan, no sabía cómo tenía que comportarse. Por una parte, sería pasiva esperando la reacción de Juan. Por otra parte, pensaba que si Juan no reaccionaba sería ella la que tenía que reaccionar y motivar a Juan. Nunca se había encontrado en una situación como esta.

Se abrió la puerta y apareció Juan. Marta quedó impresionada de la belleza de Juan. No sabía que hacer ni que decir; Quedó parada.

Fue Juan quien se presentó

--- ***Hola, ¿Qué tal estas? ¡Además de muy bella! No esperaba encontrar una mujer así. ¡Eres guapísima! Dijo Juan***

--- A mí me ha pasado más todavía, no te esperaba tan alto ni tan guapo. Mi abuelo decía, en estos casos, <"tú eres mucho pollo para tan poco arroz"> Dijo Marta

--- *¡Qué va! Tú eres mucho más de lo que te valoras. Te propongo un juego. ¿Lo aceptas sin saber en qué consiste?*

--- Sea lo que sea lo acepto, confío en ti. Respondió Marta.

--- *Tú tienes que hacer, conmigo, lo mismo que haré yo contigo, sí yo te quito la blusa, tú te me tienes que quitar la camisa, si yo te quito el pantalón, tú me tienes que quitar el pantalón, así sucesivamente, ¿De acuerdo?*

--- De acuerdo, así lo haré. Dijo Marta.

Juan empezó quitándole la blusa a Marta, con mucha suavidad. Marta hizo lo mismo con Juan. Este le quitó el pantalón a Marta y ella hizo lo mismo con Juan, este le quitó el BIKINI a Marta y esta le quitó los calzoncillos a Juan. Este, fue acercando a Marta a la cama, la depositó suavemente, le dio un beso y Marta se lo devolvió. Juan acarició, muy suavemente, el cuerpo de Marta, sin olvidar las zonas más sensibles. Estaban tan cerca que Marta con mucha suavidad metió el pene muy grande y erecto de Juan dentro de su cuerpo. Antes de que terminara de entrar sintió un fuerte orgasmo, otro y otro. Juan dejó dentro de la vagina de Marta semen para parir cuatrillizos, exclamando un fuerte grito de placer. (…)

Quedaron abrazados sin hablar durante más de 15 minutos. Marta inició la conversación diciéndole a Juan :

--- Tenemos más de una hora para estar juntos, me gustaría decirte muchas cosas, la más importante es la de que no quiero ni puedo olvidarte, ¡vamos a tener un hijo! No te asustes, yo lo tendré y lo cuidaré, solo quiero que tú estés informado de todo lo que vaya sucediendo, además, también deseo amarte, no quiero que tú pierdas nada conmigo, solo quiero verte y amarte cuando quieras y puedas.

 ¡Por favor! No me digas nada hoy, déjalo para otro día. Hoy, en la hora que nos queda quiero que volvamos otra vez a reforzar y garantizar el embarazo tan deseado. Voy al baño, volveré pronto y quiero comerte a besos. ¡No sé lo que me ha pasado que me has vuelto loca! Dijo Marta.

Juan se encontraba muy desconcertado, no sabía cómo tenía que actuar. Había sentido un placer que nunca lo había tenido. Para Juan, Marta tenía un encanto muy especial. Pensó, que lo mejor sería dejar que pase lo que tenga que pasar.

Marta volvió aseada y peinada --- ¡Bellísima! --- traía una toallita húmeda y con mucha delicadeza limpió el pene de Juan y, observó con sorpresa como crecía el tamaño del pene de Juan.(…)

El segundo asalto fue apoteósico, Juan quedó destrozado del ataque de Marta y esta, peor aún. En silencio, dejaron pasar unos minutos antes de mirar la hora. Aún quedaban 15 minutos para abandonar la habitación del amor. De nuevo, fue Marta quien le expuso a Juan.

--- Ya tenemos nuestros teléfonos, espero que me llames, yo no te llamaré hasta que tú me llames. Si lo haré, el día en que sepa que he quedado embarazada. Lo sabrás antes que mi marido.

--- Te llamaré, antes de lo que puedas imaginarte.

Abandonaron la habitación del amor, Marta primero y, a los dos minutos Juan. Cada uno por su lado, Juan salió de la clínica y Marta fue a la sala de espera en donde se encontraba su marido.

Juan al llegar a su casa, se sentó en un cómo sillón y cerró los ojos y se dedicó a reflexionar sobre lo que había ocurrido. No sabía explicarse lo que le había pasado, fue todo tan imprevisto como maravilloso. ¿Qué tenía que haber hecho? Se preguntaba, había tenido muchas aventuras amorosas con chicas más jóvenes y, con ninguna alcanzó el placer que había tenido con Marta. Intentó distraerse con el trabajo recordando lo que tenía pendiente de terminar. La prostitución, de las mujeres para los hombres, recordó a Afrodita, la chica escort. Estos recuerdos le llevaron a Juan a pensar en: ¿Me estoy prostituyendo? ¿El altruismo anula la prostitución? Juan quedó tranquilo al saber que no se estaba prostituyendo. Y, sobre todo, lo que hizo fue por que quiso, nadie le obligó hacerlo. Por la noche, no dejaba de pensar en Marta. Al día siguiente, Juan llamó a Marta y lo primero que le dijo fue lo siguiente:

--- ¿Cómo está la mujer más bella del mundo?

--- Pensando en ti, no consigo olvidarte en un solo momento del día ni en la noche. No me explico lo que me ha pasado que ha trastornado mi vida. ¿Será el amor? Respondió Marta.

--- Te voy a dar una buena noticia, esta tarde mi familia se van a la playa, mi madre tiene un apartamento. Estarán 4 días y yo estaré solo, no he querido ir con ellos por asuntos de trabajo. No sé si tú vas a querer venir a verme un día de estos. Mi casa es más segura que un Hotel. Propuesta que Juan hace a Marta. Esta la recibe con gran alegría.

--- ¡Maravillosa noticia! Para este fin de semana teníamos previsto ir a ver la familia de mi marido. Pero, yo le diré que no me encuentro bien, que tengo dolores y, que vaya él solo, mi madre vendrá a cuidarme, si la necesito. Él estará de acuerdo, asimismo, podré cuidar de ti, tú sabes que las mujeres tenemos un instinto básico que es la de proteger a los más necesitados. Yo te llamaré para decirte la hora y que debo llevar para comer esos días. Dijo Marta.

Juan recordaba los apuntes de su director de su tesis doctoral, en uno de los muchos párrafos decía:

<...″ La producción científica, de la que la tesis doctoral es el primer exponente del alumno, es lenta y laboriosa porque cada información que se transcribirá en cada párrafo del documento deberá contener información útil y perfectamente contrastada que tiene su origen en fuentes primarias o secundarias″...>

Juan tenía que investigar --- viviendo --- con intensidad su romance con Marta. Lo que al principio era una donación de esperma, se está convirtiendo en una relación. ¿Poliamor? ¡Sea lo que sea tenía que seguir hasta el final!

¿Poliamor?

Se refiere a una relación amorosa, de manera simultánea, de tres o más personas, con o sin consentimiento y conocimiento de todos los involucrados, esto según el contexto refiere que también puede haber un espacio en el que se pueda leer como una no necesidad de

depender emocionalmente de una persona y que el entorno gire a la complacencia de la misma. Sus practicantes hacen énfasis en la honestidad y transparencia con todos los involucrados.

El término "poliamoroso/a" se puede referir a la naturaleza de una relación en algún punto en el tiempo o a una filosofía u orientación relacional que marca una <u>identidad</u>.

El corazón infinito es un símbolo frecuente del poliamor.

Las personas que se identifican como poliamorosas típicamente rechazan la visión de que la exclusividad sexual y relacional son necesarias para tener relaciones amorosas profundas, comprometidas y a largo plazo. Aquellos abiertos a, o emocionalmente compatibles para el poliamor pueden embarcarse en una relación poliamorosa siendo solteros o estando ya en una relación monógama o abierta. El sexo no es necesariamente un interés primario en las relaciones poliamorosas, que usualmente consisten en la búsqueda de construcción de relaciones a largo plazo con más de una persona basados en acuerdos mutuos, donde el sexo es solamente un aspecto más en dichas relaciones. En la práctica, las relaciones poliamorosas son bastante diversas e individualizadas de acuerdo con aquellos que participan en ellas. Para muchos, estas relaciones se construyen idealmente sobre valores como la confianza, lealtad, la negociación de límites y la <u>comprensión</u>, al tiempo que se superan los <u>celos</u>, la <u>posesividad</u>, y se rechazan las <u>normas culturales</u> restrictivas. Puede darse una íntima unión profunda muy poderosa entre tres o más personas. Las habilidades y actitudes necesarias para manejar relaciones poliamorosas agregan retos que no se encuentran frecuentemente en el modelo tradicional de relaciones a largo plazo de "parejas y matrimonios". El Poliamor puede requerir una aproximación más fluida y flexible a la relación amorosa, y al tiempo operar en un complejo sistema de límites y reglas. Adicionalmente, los participantes de una relación poliamorosa pueden no tener, ni esperar que sus compañeros tengan, preconceptos acerca de la duración de la relación, en contraste con los matrimonios monógamos donde la unión de por vida es generalmente la meta. Sin embargo, las relaciones poliamorosas pueden y a veces duran muchos años.

Los dos ingredientes esenciales del concepto poliamor son «más de uno» y «amor», esto es, se espera que más de dos personas puedan, en un mismo tiempo, estar relacionadas amorosamente e involucradas en sus vidas y cuidado mutuo, en dimensiones múltiples. Este término no se aplica a las meras relaciones sexuales sin compromiso, <u>orgías</u> anónimas, pernoctas, amoríos, <u>prostitución</u>, <u>monogamia seriada</u> u otras definiciones populares de <u>intercambio de pareja</u> (*swinging*, en inglés).

El término pretende ser incluyente. En este sentido, incluye todas las orientaciones sexuales (<u>heterosexuales</u>, <u>homosexuales</u>, <u>bisexuales</u>, etc.), y no intenta excluir particularmente a los adeptos al «<u>intercambio de pareja</u>», si estos acogen el término para incluirse en él.

Juan sé confesó, asimismo, su desconocimiento de los movimientos feministas y lo que este conlleva. Después, de mucho pensar, Juan llegó a estas conclusiones: La primera, seguiría con Marta todo el tiempo que se mantenga en ese estado de felicidad de ambos. Segunda, necesitaba investigar la prostitución iniciada con Afrodita, además, soltero y libre, no podía rechazar a ninguna mujer que se presente. Para todo eso, Juan necesitaba vivir solo, no podía estar en casa de su familia y recibir visitas de mujeres casadas, su abuelo no lo perdonaría.

.A Juan le faltaba autonomía, necesitaba vivir solo, no era compatible, así se lo contó a su abuelo. El abuelo, tenía solvencia y ahorros suficientes, Juan le pidió que le avalara un préstamo hipotecario para comprarse un apartamento de soltero.

Juan con la ayuda de su madre decoró con gran gusto y detalle el apartamento en el que su hijo recibiría a sus novias, el instinto maternal le indicaba que su hijo estaba conociendo a la que podría ser su nuera y, poder ser abuela. Todo quedó perfecto

El abuelo, le pagó todo el importe con una condición, no podía decir que el apartamento se la había regalado su abuelo, para que sus otros nietos no pidieran otro. Juan le prometió a su abuelo que seguiría viviendo en casa de este y con su madre mientras esté soltero.

Juan mantenía relaciones con Marta y Afrodita sin que ninguna de ellas supiera la verdad. El dormitorio contaba con un gran armario y lo convirtió en tres departamentos "bloqueados" Marta podía acceder solamente a su armario y, ella no podía acceder al de Afrodita y esta, tampoco podía acceder al de Marta.

¡Todo funcionaba muy bien, Marta quedó embarazada y ¡Afrodita también! Juan no sabía que Afrodita le había mentido al decirle que estaba "esterilizada" Juan se encontró con dos hijos y con dos mujeres sin estar casado. No sabía que Afrodita estaba embarazada. Pero, observó un aumento del vientre y esto le llevó a preguntarle.

--- *¡Esto que es! ¿Qué hay aquí dentro?*

--- ¿Ha sido un milagro? ¡Algo ha fallado! La esterilización o tu esperma han tenido la culpa. Pero, no te preocupes el hijo será mío y, yo lo cuidaré. Si quieres más seguridad de que el hijo es tuyo podemos hacer una prueba ADN. Así respondió Afrodita.

--- *Tengo que preparar mi tesis, ya hablaremos otro día. Tienes que cuidarte y cuidar también de nuestro bebé.*

9 el tribunal de la tesis doctoral

Juan ha recibido la cita para la defensa de su tesis doctoral, todo se realizado de acuerdo con la ley.

La tesis doctoral es evaluada en un acto de defensa que tiene lugar en sesión pública y que consiste en la exposición y defensa por parte del doctorando o doctoranda de su plan de investigación ante los miembros de un tribunal especializado.

Designación del tribunal

En el momento en el que la comisión académica de un programa de doctorado autoriza el depósito de una tesis, elabora también una propuesta priorizada de los miembros que formarán parte del tribunal que calificará la tesis. Posteriormente al depósito de la tesis, la Comisión Permanente de la Escuela de Doctorado revisa y designa oficialmente la composición del tribunal.

Composición del tribunal

Los tribunales de tesis están compuestos por cinco o siete doctores o doctoras expertos en la materia y con investigación acreditada, de los cuales tres o cinco son miembros titulares y los otros dos son suplentes. Además, la mayor parte de los miembros deben ser externos a la Universidad o a las entidades participantes en el programa.

En esta ocasión la composición y responsabilidad del tribunal será:

1 presidente
1 secretaria
3 vocales
1. Hombre
2. Mujer
3. Mujer
En este caso, no hay vocales suplentes.

Funciones del tribunal

Presidente o presidenta:

Articular las medidas de suplencia.
Suspender el acto y fijar una nueva fecha alternativa.
Establecer la forma y el momento para el turno de preguntas.
Levantar la sesión.
Comunicar verbalmente la calificación obtenida al doctorando o
doctoranda y al resto de asistentes al acto de defensa.

Secretaria:

Convocar el acto de defensa (con la aprobación de la comisión
académica del programa).
Durante el acto de la defensa, comprobar que se rellena debidamente
toda la documentación requerida para la evaluación de la tesis.
Certificar la obtención de la mención de doctor o doctora internacional.
Enviar la documentación a los miembros del tribunal que han actuado
por videoconferencia.
Enviar a la Escuela de Doctorado la documentación firmada por todos
los miembros del tribunal para que introduzca la evaluación en el
expediente del doctorando o doctoranda y, en su caso, en el escrutinio
del voto *cum laude* por parte de la Comisión Permanente.

Juan terminó su lectura y permaneció atento a las preguntas del
tribunal. El presidente inició el turno preguntando a Juan, con la
siguiente:

--- Este tribunal ha leído su tesis, todos hemos quedado perplejos por
el formato y el fondo que usted le ha dado. Nos ha sorprendido que la
figura más destacada de sus referencias haya sido su abuelo. Mi
pregunta es: ¿En qué fuente se informa su abuelo para ser tan
influyente en usted en temas relacionados con los problemas sociales?

*--- Antes de recurrir a mi abuelo, intenté leer todo lo que supe y
pude encontrar. Nada de lo que conseguí me ofrecían garantías de
estar cerca de la verdad. ¿Quién mejor que mi abuelo para hablar
de mujeres que él? Conoció a su abuela, madre, hermanas,
esposas, hijas y nietas. Y, fue por eso, el que más garantías me
aportaba para la discusión del feminismo. Respondió Juan.*

El presidente cede la palabra a la secretaria que le pregunta:

--- ¿Qué información utiliza --- no cita bibliografía --- para crear tres
grupos de prostitución de la mujer para satisfacer al hombre?

--- Yo he tipificado a tres, diferenciadas. Sin embargo, para el feminismo radical, promotor de la abolición de la prostitución no hay más que uno. La mujer es explotada por el hombre. El feminismo radical no quiere contemplar que existen mujeres que se prostituyen por decisión propia y sin que nadie les obligue. No he citado ninguna referencia ni bibliografía porque he sido yo el que ha investigado --- personalmente --- a los tres grupos. Ha sido por eso

--- Es el vocal 1º quien toma la palabra para preguntarle a Juan:

--- ¿Usted dice que sin premeditación se ha convertido en --- posible --- padre de dos hijos con distintas mujeres? Lo cuenta como si fuese una historia de amor novelada. ¿Todo lo que cuenta ha sido verdad o tiene mucho de ficción? Preguntó el vocal 1º

--- Si, todo ha sido verdad, incluso, la historia de amor. ¡Yo no me había enamorado nunca, hasta ese momento!

--- Es el presidente quien pregunta:

--- Usted dice que hay otras prostituciones de la mujer <mujeres para mujeres> y <mujeres para transmujeres> ¿Eso es verdad?

--- Sí. Las lesbianas contratan y pagan a mujeres --- igual que los hombres --- este tipo de prostitución no es denunciado por el feminismo radical no lo considera explotación de la mujer contra la mujer. Así contestó Juan.

Es el turno de la vocal 2ª quien pregunta a Juan:

--- Usted centra toda su tesis en el feminismo radical y en el colectivo LGTBI no cuantifica la incidencia sobre el total de la población ni los problemas que causan esos efectos.

--- No he podido ni sabido encontrar estadística para evaluar la incidencia. Las estimaciones carecen de rigor científico. Lo que sí es evidente es el ruido que producen a todos los niveles. El Gobierno, las leyes, el Parlamento, la prensa. Los temas del feminismo están en todos los escenarios. Respondió Juan.

La vocal 3ª le pregunta a Juan:

--- Usted oculta la explotación que existe en la prostitución femenina. ¿Por qué? ¿Qué tiene en contra del feminismo y por qué? Preguntó la vocal 3ª feminista asociada.

--- No he ocultado nada, si no aparece es porque no lo he visto. En la prostitución de las mujeres hice 5 intentos para encontrar un caso de explotación por mafias o proxenetas y no lo encontré. ¡Haberlas haylas! ¿Cuántas hay? ¡No tantas como dice el feminismo abolicionista! No tengo nada en contra de nadie. En mis conversaciones con mi abuelo quedó muy claro que al no existir estadística fiable estimamos --- sin rigor científico --- que el feminismo radical es muy minoritario. Sin embargo, son muy pocas las que arman mucho ruido.

El presidente cede la palabra a la secretaria que pregunta a Juan:

--- ¿El feminismo radical tiene influencia en: ¿La gestación subrogada, y la donación de semen?

--- Sí. El feminismo radical quiere cambiarlo todo. ¡Todo es todo! ¡Solo el sí es sí! Así lo proclaman en su manifiesto del 8M. Para mí, no hay la menor duda.

--- El presidente, dice: no me puedo quedar sin comunicarle que usted ha establecido un debate muy interesante y, al mismo tiempo, muy preocupante. Su tesis dice todo lo contrario a lo que dice las asociaciones feministas, además, el mismo Gobierno al anunciar una ley para abolir la prostitución. ¿Sabe usted en dónde se ha metido? No comprendemos cómo usted con tan brillante expediente se haya metido en un tremendo lío de amoríos y dos hijos sin estar casado. Aun así, este jurado reconoce su extraordinario trabajo y por eso, de acuerdo con las leyes en este país se le ha concedido la mención *cum laude,* aplicable solo a los doctorados que alcanzan la puntuación *sobresaliente (10/10),* solo se concede por unanimidad del tribunal evaluador mediante voto secreto individual, regulado por el RD 534/2013.le otorga a su doctorado. Reciba de este tribunal nuestra enhorabuena. ¿Quiere decir algo? Dijo el presidente.

--- Sí, soy consciente. Fui un irresponsable, no sé cómo ha sido, lo cierto, es que estoy metido en un laberinto sin saber dónde está la salida. Posiblemente, ha sido por el embrujo de las mujeres. ¡Ese gran misterio dentro de un enigma! Lo que tenga que ser será, a su tiempo y en su momento, porque el destino es incierto. He

intentado ser humano. Kant, en una de sus frases célebres decía:

<<" Compórtate de una manera tal que trates a la humanidad de una forma particular. Jamás trates a las personas como si fuesen un medio para lograr un fin, todo lo contrario, siempre trata a las personas al mismo tiempo como si esto fuese el fin último">>

Gracias, por la generosidad que han tenido con este insensato que corregirá su imprudencia porque el fin nunca justifica los medios.

Acerca del autor

Matías Carvajal Castro

(Pinos Puente, Granada, (España)

De mayor estudié física, pero de ser algo, he sido logístico, ahora soy un pensionista. Cambié la ciudad de Granada por Fuente Vaqueros, pueblo cercano donde me permite tener un pequeño huerto ecológico con 25 árboles frutales.

Mi primer libro, fue un trabajodel género didáctico: ***Logística Word en la Gestiónde la Calidad. NORMAS ISO 9000***

Y, fue por esto, que me atreví a seguir con:

Genero informativo y alimentario

- **El huerto ecológico**
- **Cómo elaborar conservas caseras**
- **La cocina de ayer y de hoy**

Ensayos

- **Yo, y el otro yo**
- **Mi pueblo, conflicto entre payos y gitanos**
- **El procés catalán ha sido una chapuza.**
- **¡España! ¿Monarquía o República?**

Novelas realistas, de historia y ficción

- **¿Quieres encontrar el amor?**
- **El Edén**
- **Eva, la mujer del futuro**
- **El Reino de Granada. Contado por Juan de Granada hermano de Boabdil**
- **¿A dónde van las mujeres? (2022)**